« The one thing we do know is none of the [assassination] teams knew the existence of the others... When they heard the shots, they would flinch because they weren't sure that they'd been spotted and somebody was trying to take them out... You can put a smile on the shooter's face because then he realizes that it's a super-pro job and there are backup and decoy teams and that's where those shots are coming from. Silencers were used extensively... ».

« (L'une des choses que nous savons c'est qu'aucune des équipes [assassinat] ne connaissait l'existence des autres... Lorsqu'ils ont entendu les coups de feu, ils fléchirent, parce qu'ils n'étaient pas sûr s'ils avaient été repérés et que quelqu'un essayait de les éliminer... Vous pouvez mettre un sourire sur le visage du tireur, lorsqu'il réalise que c'est un travail super professionnel, qu'il y a des équipes de sauvegarde et de leurre, et que c'est de là que ces coups de feu proviennent. Les silencieux ont été largement utilisés...) »

- Gerry Patrick Hemming

Note au lecteur

Ceci est un roman, un ouvrage de fiction... de fiction! Tenez-vous-le pour dit. Et quiconque vous dira le contraire, vous lui devrez dire qu'il en aura menti.

Hoover memo: Le 22 novembre 1963, l'après-midi de l'assassinat de John Fitzgerald Kennedy, avant même que n'ait débuté l'enquête, le Directeur du FBI, J. Edgar Hoover, envoyait un memo à son exécutif qui disait qu'il avait parlé au téléphone avec l'Attorney General Robert F. Kennedy et qu'il l'avait informé en ces termes: « *We have the man who killed the President!* » Pour plusieurs c'était la preuve irréfutable que Lee Oswald avait agi seul.

Du même auteur:

Lève-toi et marche… ou crève!
Les aventures d'un Pied-Noir en Algérie
www.fouillez-tout.com/edition, 2007
ISBN : 978-2-9809849-0-7

Bienvenue sur Galaxya 7.0
En route pour Alpha Centauri
www.fouillez-tout.com/edition, 2008
ISBN : 978-2-9809849-1-4

Confessions d'un collabo
Vous irez cracher sur ma tombe!
www.fouillez-tout.com/edition, 2009
ISBN : 978-2-9809849-2-1

59,35 ARPENTS
La Romance d'un vin
www.fouillez-tout.com/edition, 2010
ISBN : 978-2-9809849-3-8

La Croix du Sud
La Cruz del Sur
www.fouillez-tout.com/edition, 2013
ISBN : 978-2-9809849-4-5

La route d'Espagne
La ruta del vino Somontano
www.fouillez-tout.com/edition, 2016
ISBN : 978-2-9809849-6-9

À Giuseppe
& à Rosy...

Le contrat

Code name: « the Big Event »

Alain Bellemare

ROMAN

DEUXIÈME ÉDITION

Dépôt légal: 4e trimestre 2017
Bibliothèque nationale du Québec

Bellemare, Alain
Le contrat
Code name: the « Big Event »
ISBN: 978-2-9809849-7-6

Édité à la carte de crédit en 2017 par:
Alain Bellemare

J'aime mieux raconter des histoires. J'en raconterai de telles qu'ils reviendront, exprès, pour me tuer, des quatre coins du monde. Alors ce sera fini et je serai bien content.

Louis-Ferdinand Céline,
Mort à crédit I

Le Contrat

Code name: « the Big Event »

Quand le réveil a sonné, le matin du « *Big Event* », je n'avais pas encore réussi à vraiment fermer l'oeil de la nuit. J'avais toujours eu de la difficulté à dormir la veille d'une mission, car ma cervelle refusait obstinément de sombrer dans ce coma réparateur qu'on appelle *une bonne nuit de sommeil,* et, dans le lit, au lieu de me reposer comme le font la majorité des gens, je pensais plutôt au boulot que je devais abattre le lendemain.

J'avais erré entre deux mondes, alternant rêves et cauchemars, à moitié endormi, à demi éveillé, et quand je suis finalement revenu à moi... Je ne me rappelais plus où j'étais! Et, pendant cette fraction de seconde, moment qui m'avait paru comme une éternité, j'ai pensé que je me trouvais toujours à Bône, en Algérie... au beau milieu d'une putain de guerre civile! Et j'ai paniqué; j'avais perdu mes points de repaires: j'étais complètement perdu.

J'ai essayé de me ressaisir et de faire le point sur ma situation... fâcheuse! Et puis ça m'est revenu rapidement. Je savais maintenant où j'étais. Et surtout, *pourquoi* j'y étais...

C'était l'un de ces ciels tristounets de novembre; on était le 22ème jour de l'an de grâce 1963; j'allais exécuter le contrat à Dallas, au Texas; et le nom de mon client c'était John Fitzgerald Kennedy: le président élu des États-Unis d'Amérique.

Et ce n'est qu'à partir de ce moment-là que j'ai recommencé à respirer, normalement.

Lorsque Jack Ruby s'est amené avec son lot de déguisements à sept heures du mat, le ciel de Dallas était toujours couvert: il pleuvait. Lucien Sarti, qui n'était pas un lève-tôt, mais un couche-tard de la pire espèce, était tout sourire: il allait enfin pouvoir porter un uniforme de l'armée de l'air et jouer au petit soldat. Il avait fait tout un plat pour en obtenir un et voulait absolument un accoutrement de policier ou d'officier de l'Armée américaine. Il était verni... Il allait pouvoir s'envoyer en l'air, le fumier, et arrêter de faire chier tout le temps!

Le Beau Serge, lui, avait opté pour un coupe-vent ample, mais court, de couleur bleu marine avec un écusson décoratif argent sur le coeur et une casquette des Cowboys de Dallas sur la tête. Moi j'avais préféré une chemise blanche à manches longues et un imperméable beige de style trench-coat, un classique, avec un chapeau feutre et une paire de lunettes avec monture en corne. Pour compléter le tableau, je m'étais collé une petite moustache et j'avais foncé ma figure avec du fond de teint, maquillage qui me permettrait de passer pour un Sud-Américain « *de vacaciones* ». Mais après je me suis demandé qui serait assez con pour aller en vacances au mois de novembre à Dallas?!?

Sarti allait emporter sa Mauser 7,65 mm bien enroulée dans une couverture pour la soustraire à la vue; le Beau Serge allait cacher son Fireball XP-100 - une mini-carabine ou une espèce de grand pistolet - sous son manteau court, et moi, comme la crosse métallique de ma Savage 7 mm était rétractable, j'avais recyclé une longue lanière de cuir qui, enroulée autour du cou, allait me permettre de garder la carabine sur le côté de mon corps, sous le manteau. Mon seul problème était le silencieux, qui rajoutait un bon 25 centimètres de longueur: j'allais le garder dans une poche intérieure de l'imperméable et ne le coupler au canon que sur le Grassy Knoll et à la toute dernière minute. J'avais fait une fente à l'intérieure de la poche droite de l'imper, ouverture qui me permettrait de maintenir le canon de l'arme collé contre la cuisse en passant une main à travers la poche et ainsi empêcher l'arme de balloter et de me trahir alors que je marcherais dans Dealey Plaza... Personne n'allait savoir que je traînais un long fusil sous le manteau! En plus de tout ça, j'avais gardé un petit Walter .380 coincé dans la ceinture... Pour les rencontres du troisième type.

Sarti et moi avions préparé trois balles *dum-dum* chacun, des projos à fragmentation qui nous permettraient de faire le plus grand dommage possible, mais sans que le projectile ne traverse la cible pour continuer sa course et blesser une autre personne - j'avais pris l'habitude d'entailler la pointe de mes balles et de faire une croix sur le bout pour que le petit obus se fractionne, lors de l'impact -, car on avait reçu l'ordre formel de ne pas toucher à la Première dame. Cependant, nous savions fort bien que nous n'aurions le temps de tirer qu'un seul coup de feu, peut-être deux, au maximum...

Le Beau Serge, comme sa balle ne pesait pas lourd dans la balance - elle ne faisait que 60 grains alors que les nôtres étaient plus massives, à 165 grains -, allait tirer avec un projectile *full metal jacket,* une balle blindée qui, en théorie, n'allait pas se fragmenter lors de l'impact et continuer sa course... Il avait ordre de ne tirer que s'il était absolument certain de son coup. On nous avait dit que ces directives venaient du plus haut échelon... Du grand *boss,* lui-même.

Jack Ruby est revenu nous chercher vers 10:45 dans une camionnette de style « *pick up* », et, comme il n'y avait de place que pour deux autres personnes dans la cabine et qu'on était trois gâchettes, Sarti a dû prendre place dans la boîte arrière du petit camion. Heureusement pour nous, le ciel s'éclaircissait, et malgré un vent de 15 à 20 miles à l'heure qui soufflait du Love Field Airport, il allait faire beau pour le restant de la journée: ensoleillé avec un maximum de 67 degrés... C'était l'été des indiens, à Dallas! Cependant, en plus du beau temps, ça signifiait qu'on enlèverait la capote de la limousine présidentielle et qu'on n'aurait aucune difficulté à repérer notre cible: on allait nous donner le feu vert! Mais malgré cette bienveillante nouvelle climatique, promesse d'un bel après-midi ensoleillé dans Dallas, Ruby faisait la tronche derrière le volant.

- You look a little tense, Mister Ruby. Is everything OK?
Que j'avais lancé, en prenant place à l'avant avec le Beau Serge.

- It looks like a fuckin' hitman convention, Jo!

Il était surexcité derrière le volant et avait même de la difficulté à passer les vitesses... Ou peut-être que c'était juste un problème d'embrayage?!? Je ne sais pas... Car sa Ford avait beaucoup de kilométrage au compteur.

- Why do you say that, Mister Ruby? I don't understand?

- I've seen at least a dozen hitman walking around Dealey Plaza when I drove downtown... I saw Roselli, Eugene Bradin, Larry Flower, Johnny D's, Nicoletti, Eduardo and Bush, those CIA cocksuckers, Mac Wallace, LBJ's fuckin' personal assassin, Harrelson, Frank Sturgis, Morales... And some Cubains from Operation Mongoose that I forgot the names of... Like I told you, Jo, it's a fuckin' hitman convention in Dallas!

- And?... Why should I give a shit about that, Mister Ruby? Are they gonna be a problem for us? Do we have to abort the mission? Are they here to kill us? What?... You tell me... What?

- No... No! Don't worry, Jo... I think alot of these guys are just here to see the fireworks!

- The fireworks? Fuck them! And fuck you very much... You and your fuckin' fireworks! We're here to do a job... And they better not get in our way, Mister Ruby, because we're gonna hit your beloved President and then we gonna pop a couple of your hitman friends just for the fun of shootin' clay pigeons... Is that fuckin' understood, Mister Ruby?

- Don't you get mad, Jo! I just wanted to let you know that...

- ... Well, consider it done!

On a roulé un peu, et moi j'ai eu le temps de me calmer.

En arrivant près du site, quand Jack Ruby m'a dit qu'il nous descendrait tous les trois en bas de la butte gazonnée - le con! -, je lui ai répondu que « non »... Et je suis sorti de la fourgonnette avec le Beau Serge sur Houston Street, au coin de Elm: on allait marcher jusqu'à l'emplacement, car je ne voulais pas qu'on nous voit débarquer tous les trois au même endroit.

- After the hit, one of the Joes with Roselli or Frank, I don't know who, will be driving you out of Dealey Plaza in a station wagon parked on Houston Street, across the parking lot...

- The car... What colour?

- It's a light-colored Rambler piece of shit wagon. You can't miss it... It's the ugliest car ever made in the States!

Ruby a roulé un peu, puis il s'est arrêté devant le Texas School Book Depository en nous disant:

- OK! Here we are... I'll see you guys at the safe house after the hit. Good luck to you, Jo!

- Yeah! Thanks! We'll need all the luck we can get on this one...

On est descendus de la fourgonnette au coin de Houston. J'ai fait signe à Lucien Sarti de rester dans la boîte du camion, car il s'apprêtait à descendre, lui aussi, et Ruby a continué son chemin vers Elm Street. Il a ensuite descendu l'avenue et déposé Sarti en face de l'escalier menant à la pergola et au parking de terre du Grassy Knoll, ne s'arrêtant qu'un moment dans l'avenue parce qu'il y avait beaucoup de circulation, et, lentement, j'ai vu le *Ford Pick Up* disparaître de l'autre côté du viaduc du Stemmons Highway.

Lorsqu'on est arrivés sur les lieux de notre site de travail, Lucien était déjà à son poste, au pied du viaduc, et longeait son bout de clôture avec impatience: il faisait des aller-retour en fumant. Fiorini, Roselli avec ses deux Joe, et un autre gars, un Cubain dont on ne connaissait pas le nom, nous ont sortis leurs faux badges des services secrets, en blaguant: ils allaient jouer à « l'agent très spécial » et faire en sorte qu'on puisse bouloter en paix; ils chasseraient les intrus du périmètre et contrôleraient la foule pour nous permettre de quitter les lieux, sans problème, une fois qu'on aurait fini de bosser.

Frank m'a présenté un autre type, un gars vêtu d'une chemise de travailleur des chemins de fer; il avait l'air d'un cubain, lui aussi, un type peu souriant qui allait s'occuper de l'arme de Sarti.

- How will we know if we can execute the contract? Will you be the one to give us the signal?

- We'll be patrolling behind the fence and give you the green light with a thumbs-up as soon as we get the OK from our radio coordinator.

- And if I can't see your signal... What then?

- There will be two of our guys stationed at the bottom of the knoll, right in front of you. One is the radioman; the other one will have an umbrella and will open it to salute our dear President's departure for the other world, just as the car starts going down on Elm Street. That's your green light! You can't miss that.

- OK... Got it, Frank. Thanks for everything!

- Good luck to you, Jo! M'a souhaité Fiorini, lorsque nous nous sommes quittés. *Good hunting!*

- It's not luck that I need, Frank... I just need to know where-he-is! Avais-je répondu, en balayant Elm Street de mon index comme si je pointais un fusil et que je faisais feu, du doigt.

Après leur avoir parlé et retransmis les consignes, pour m'assurer qu'ils avaient tous les deux bien compris, j'ai abandonné mes compagnons de travail derrière la clôture du Grassy Knoll et je suis allé vers mon emplacement, à moi.

J'ai grillé cigarette sur cigarette en arpentant les lieux jusqu'à midi moins cinq. Puis, me concentrant sur la tâche à accomplir, je suis allé m'installer dans la pergola. Des gens avaient déjà commencé à se masser au coin de Houston et de Elm Street, ça grouillait de monde en bas du Texas School Book Depository, mais autour du Grassy Knoll il n'y avait pas foule; il n'y avait que quelques badauds sur les trottoirs et des admirateurs du couple présidentiel qui attendaient la venue du cortège dans un immense parterre... Plusieurs se trouvaient même de l'autre côté de ma ligne de tir.

De mon perchoir, en plus d'avoir les branches d'un arbre et le fameux panneau de signalisation du Stemmons Highway pour m'obstruer la vue, un couple est venu se planter tout juste devant moi sur le promontoire de ciment qui bordait l'escalier menant à l'une des pointes de la pergola. L'homme avait une ciné-caméra et se préparait à mitrailler le cortège présidentiel, comme moi, et pour réussir mon carton, j'allais devoir viser tout juste à côté de leur tête, ou même entre leurs deux caboches!, et faire ciller leurs oreilles avec le bruit supersonique qu'allait produire la balle en passant tout près d'eux. J'espérais juste qu'ils ne se retournent pas suite à mon tir, pris de panique, et que le cinéaste amateur continuerait à canarder la voiture présidentielle pendant que moi j'en finirais avec le chef de la plus grande économie de la planète.

Je voulais rester invisible le plus longtemps possible... À tout le moins jusqu'à ce que les coups de feu aient fini de retentir dans Dealey Plaza.

J'ai regardé du côté de Fiorini, toujours occupé à chasser les gens qui voulaient se placer devant et derrière la clôture de piquets de bois pour observer le cortège, et, quand il a finalement été en mesure de regarder dans ma direction pour s'assurer que tout allait bien pour moi aussi, j'ai pointé du doigt le type qui filmait en espérant qu'il le chasserait de la saillie. Mais Frank s'est contenté de lever le pouce en l'air pour me signifier que tout était OK: Frank Fiorini n'avait pas réalisé qu'on bloquait ma ligne de tir.

Merde!

La voiture présidentielle a finalement tourné au coin de Houston et de Elm Street vers 12H30. Fiorini avait sûrement reçu le feu vert de l'opérateur radio, car, tout souriant, il a levé un pouce en l'air dans ma direction, en articulant: « *We've got a go...* » C'est à peu près ça que j'avais pu déchiffrer en lisant sur ses lèvres...

Le type à l'ombrelle a pompé plusieurs fois son petit parasol noir, mais j'avais déjà déduit que le cortège était sur nous en voyant la foule qui s'époumonait, au coin de Houston Street.

Alors que la voiture présidentielle s'éloigne à peine du Texas Book School Depository pour s'amener vers le Grassy Knoll, une forte détonation retentit dans Dealey Plaza. Puis une autre quelques secondes après la première déflagration...

De mon perchoir de ciment, je dois changer de position pour mieux suivre la voiture de tête. J'ai besoin de me positionner contre une parois du petit vestibule de béton pour augmenter mon angle de tir et pour mieux contourner les obstacles qui obstruent ma vue: la limousine passera de ma gauche à ma droite. En théorie, je dois attendre et ne tirer que lorsque ma cible se retrouvera devant moi. Alors, j'essaie de me faire le plus discret possible, mais comme la foule a le regard rivé sur la rue...

Je suis plus ou moins bien la voiture de tête dans ma lentille, la vue partiellement occultée par des branches d'arbre, mais je sais que la limousine présidentielle sera dans ma fenêtre de tir sous peu. Je suis nerveux comme une pucelle, car c'est ma première lune de miel au Texas. Je peux entendre mes battements cardiaques pulser dans les oreilles; mes tympans vibrent à vive allure; la frénésie gagne aussi la foule anxieuse; mon cerveau n'est plus qu'un délire pieux; la colline verdoyante du Grassy Knoll mène à une autre existence; je suis l'acteur de ma propre renaissance; à l'ouest du Nirvana, mon légendaire Hollywood; c'est la mort d'un président qui doit enfin nous réunir; d'une seule balle je peux abattre la démocratie de tout un peuple; le plus beau pays du monde, assassiné!; *the Land of the free* avec ses gigantesques parcs d'attraction, anéanti!; les fusées éblouissantes du Star Spangled Banner, éradiquées!; d'un seul tir je vais tout reconstruire; je suis un façonneur de mondes; c'est une destinée assez étrange qui mène un Bônois chez les Texans; mais un destin qui passe par Marseille jusqu'à Dallas en est un autre; c'est la mer Méditerranée aux pieds du Dealey Plaza; c'est le cri du cormoran qui s'envole péniblement d'un cimetière des Bayous; veille sur mon Idaho à moi, ô! Ange de pierre; c'est le miracle du hasard qui crée une ère nouvelle; c'est un monde poussiéreux d'où tout renaît à nouveau; je suis fait de poussière d'étoiles et mes cendres s'effondreront sur Hyannis Port comme celles d'une Géante gazeuse; je suis la Supernova qui a tout fait avorter pour ensuite tout enfanter; j'ai troqué la dynastie des Kennedy pour celle des Bush; je suis la mort qui fleurit dans un désert de Paris, au Texas; je suis la somme de tout ce qui n'a jamais été bu de la rivière Pomme de terre, au Missouri; il y a deux millions d'années, je suis sorti de ma grotte en rampant; je suis un virus pied-noir qui a le pouvoir de tuer; c'est le grand général de Gaulle qui m'a mis au monde; là où je suis passé, j'ai tout infecté; je suis l'homme qui a vu l'homme qui a vu l'ours; d'Afrique du Nord, je débarque en Amérique du Nord; l'Amérique qui mord; l'Amérique qui donne la mort... Et, justement, je suis venu à Dallas pour la donner!

La voiture présidentielle s'approche... Elle est là!... Plus le temps de délirer, maintenant... Je ne suis plus qu'une gâchette... L'extension de la haine des *Oilers* du Texas pour leur Président... Le point final dans le journal inachevé de la présidence de John Fitzgerald Kennedy!

La tête du président est dans ma mire... La première dame porte un bel ensemble fuchsia... Elle est radieuse et sourit... Ce qu'elle est coquette, la Première dame!... Le président regarde à sa droite et envoie la main à des admiratrices... Puis, pendant un instant, je perds de vue la limousine derrière l'enseigne du Stemmons Highway... *Wanted for treason* est collé sur l'envers d'un poteau de l'affiche... Après deux tic-tacs on se retrouve à nouveau de l'autre côté de la pancarte... Ensuite, je me glisse à l'extrême droite du petit vestibule de béton et j'épaule de la gauche pour améliorer mon angle de tir, car je dois négocier avec la citrouille du cinéaste amateur et celle de sa compagne qui bloquent partiellement ma ligne de tir.

Finalement, l'opérateur radio lève le un bras en l'air, le poing fermé, et met un pied dans l'avenue pour que le conducteur de la limo ne puisse pas le manquer... « *We've got a go... We've got a go... We've got a go...* » Transmet-il à tous grâce à un micro caché dans sa manche... Le chauffeur de la limousine présidentielle a bien compris la consigne, un poing fermé en l'air étant le signal que les militaires utilisent entre eux pour signifier « arrêt complet », lors d'une patrouille, et l'agent fédéral immobilise son véhicule dans la voie centrale.

Je prends le temps de bien viser... Tac! Un tir étouffé résonne depuis la clôture du Grassy Knoll... Bang! Des pigeons s'envolent de la toiture du TSBD!... Le président lève alors les deux coudes à hauteur d'épaule... Il n'arrive plus à respirer!... On l'a atteint en plein gosier... Il étouffe!... La balle est passée à travers la vitre avant de la limousine... Mais le pare-brise n'est pas pare-balles... Pas plus que les pare-chocs de la Lincoln ne sont un bouclier pour la démocratie américaine... Et tout juste en haut du noeud de cravate présidentiel, une petite bouche de 6,5 mm de diamètre est apparu juste en-dessous de la pomme d'Adam pour la croquer!

Le chauffeur prend le temps de bien regarder par-derrière... Lui aussi a entendu résonner des tirs... Le président est peut-être déjà mort?... L'agent secret maintient le pied sur le frein... La voiture reste immobile pendant quelques secondes au beau milieu de l'avenue... Le temps s'est arrêté dans Dealey Plaza: une espèce d'invitation à parachever le travail du Beau Serge... La Première dame s'approche de son mari... Elle inspecte le dommage qu'a causé le projectile blindé... Elle voit du sang jaillir de la trachée... « *My God, he's been shot!* » S'exclame la Première dame... Mais elle est toujours dans ma ligne de tir... Et si elle ne bouge pas la tête de là, jamais je ne pourrai faire feu et justifier mon salaire.

Puis, alors que tout semblait perdu, c'est le miracle qui se produit... Ô! Doux Jésus de Nazareth, pourquoi as-tu exaucé mes voeux?

Tout vient à point à qui peult attendre...

La Première dame change de position sur son siège... Elle bouge à peine la tête pour un ultime face à face avec son mari...

Voilà ma chance!

Et je braque mon canon à travers le caméraman et son amie qui sont toujours en haut de l'escalier, devant moi...

Tac!... Zooom!

La balle supersonique leur fait ciller les oreilles en se frayant un chemin dans Dealey Plaza... Mais le type à la caméra continue tout de même à fusiller le cortège, même s'il a vacillé quelque peu sur ses jambes... J'ai visé derrière l'oreille droite du Président des États-Unis d'Amérique pour ne pas risquer d'atteindre la Première dame... Qui ne le sera plus d'ailleurs pour très longtemps suite à mon tir... Et, alors que j'appuyais sur la détente pour faire mouche, un tir simultané provenant du viaduc atteignait le président en pleine tête.

Une gouttelette écarlate orne maintenant le haut du front du président, tout juste en bas du toupet, de même que derrière son oreille droite... Comme la couronne du roi de Nazareth à cause des longues épines qui ont transpercé sa chair!

La bille du président des Américains est projetée vers l'arrière et sur le côté gauche... Deux aiguillons de métal lui ont labouré la tête... Ce sont les grands financiers de ce monde avec les politiciens véreux, la mafia, le complexe militaro-industriel américain, des agents gouvernementaux déchus et des magnats du pétrole texan qui t'ont crucifié, ô! Roi des Américains... C'est la Pâques juive, mais au mois de novembre... Je m'en lave les mains comme Ponce Pilate dans la Passion... Pardonne-moi de t'avoir enfoncé cet ultime clou dans ta croix, ô! Doux Jésus des Américains!

Et l'arrière de la tête du Président des États-Unis d'Amérique éclate comme un melon qui serait tombé de la fenêtre du deuxième étage de la Maison-Blanche: les balles *dum-dum,* ça ne pardonne pas beaucoup... D'un seul coup de feu, c'est toute la démocratie américaine que j'ai aidé à faire tomber!

Un motard a cru voir un tireur embusqué sur le Grassy Knoll... Il a aperçu de petits nuages de fûmée flotter en haut de la clôture de la petite butte... Il passe entre les voitures arrêtées du cortège et fonce vers le monticule avec sa motocyclette... Qui finit par verser en bas de la petite colline... Il abandonne ensuite sa grosse Harley Davidson et fonce à toute vitesse vers la clôture... Au diable la moto!

Au même instant, cinq agents secrets se jettent sur la limousine présidentielle et l'encerclent... L'un des agents ramasse un fragment d'os qu'un enfant avait récupéré sur le parterre... Un autre grimpe dans la voiture pour constater l'état de santé du président... Il se retourne ensuite et lance un pouce vers le bas à son chef...

Le président est mort sur le coup!

Dans la seconde voiture, le vice-président s'était déjà planqué depuis longtemps derrière la banquette, comme s'il avait su à l'avance ce qui allait se produire dans Dealey Plaza... Ô! Très cher Vice-Président, pourquoi ne fais-tu qu'un avec les tapis de ta limousine?

Le roi des Américains est mort. Vive le nouveau roi... Texan! Et les balles continuent à ricocher dans l'avenue pour fêter son avènement...

Ça tire toujours du TSBD et par derrière... Plus d'une douzaine de coups de feu vont retentir dans Dealey Plaza, une Place verdoyante qui avait été transformée en souricière:

« Bienvenue au Texas, Monsieur le Président! »

C'est Lyndon Baines Johnson qui doit rire dans sa barbe. Il a attiré son rival dans un guet-apens pour le faire assassiner au Texas, là où lui et ses amis contrôlent toutes les ficelles de l'État: les juges, les politiciens et la police... Même le FBI!

En biais, tout juste derrière la limousine présidentielle, un autre motard a été aspergé d'os, de cervelle et de sang. Il se tapote le haut du corps et cherche la blessure invisible qui l'aurait fait saigner... Malgré le bruit du moteur de sa Harley, il a cru entendre, lui aussi, des tirs en provenance du Grassy Knoll... Il a même vu de petits cumulus pourpre flotter en haut de la butte gazonnée, sous les arbres, et pense avoir été touché. Il se palpe le thorax, mais il n'a pas été blessé... C'est la voiture présidentielle et ses occupants qui ont été foudroyés!

La Première dame, elle aussi, a des morceaux de chair, des fragments d'os et du sang partout sur le visage. Son beau tailleur Chanel est d'ailleurs maculé de matière grise et de morceaux de cervelle sanguinolents... Ce qui reste de la tête du président repose un instant sur ses fragiles genoux... Elle le berce tout doucement comme pour consoler un enfant qui aurait mal à la tête... Machinalement, elle lui lisse les cheveux pour cacher l'ouverture béante dans la partie arrière de son crâne... Il était pourtant si beau, son président, à elle!... Elle lui parle tout bas, lui glisse à l'oreille un ultime mot d'amour... Comme pour l'accompagner lors de son passage vers l'au-delà... Les beaux yeux bleus du Président sont grand ouverts... Figés dans le néant, ils regardent l'infini du ciel texan...

« Pourquoi somme-nous donc venus ici? » Sanglote la Première dame... « On nous avait pourtant averti du danger! »

En voyant son regard pétrifié à travers la lentille de ma carabine haute précision, je sais que le Président est mort... Mort sur le coup... Même si le coeur présidentiel bat peut-être encore et qu'il n'a pas réalisé que tout était terminé.

J'ai tué un président... Le Président des États-Unis d'Amérique!

Le travail complété, comme dans un défilé militaire réglé au quart de tour, la voiture présidentielle repart, mais sans trop se presser... La Première dame se lève alors de son siège, abandonne le président un instant sur la banquette arrière, et grimpe sur le coffre pour récupérer un gros fragment de crâne... Des cheveux sont toujours collés dessus... Et, au même instant, un gars des services secrets réussit à bondir à l'arrière de la limousine pour protéger la famille présidentielle... Pour faire de son corps un rempart contre la dictature!... Et le Grand capital!... Et la haine des Texans!

Mais hélas!, c'est déjà trop tard pour la démocratie américaine...

Le coup d'État exécuté de main de maître, la voiture présidentielle, repartie, je me suis arrêté de scruter à travers la lentille de ma Savage 7 mm. Accroupi sur le ciment, je me suis caché un instant dans le petit vestibule de béton et j'ai ramassé la douille éjectée de ma carabine haute-précision, bien à l'abri du regard inquisiteur de la foule qui crie et pleure la perte de ce cher président adoré de tous les démocrates...

La plupart des gens s'étaient jetés au sol... Paniqués!... Ils étaient couchés sur le gazon de la butte du Grassy Knoll... Sur le parterre qui se trouvait juste devant... Sur le large trottoir en ciment... Ils avaient peur de se faire abattre par une nouvelle salve, car ça tirait toujours depuis le Dal-Tex building et le Texas School Book Depository... La diversion, telle que promise par les Services Secrets!

Et c'est ce moment de confusion orchestré de main de maître par les *amis* du président qui m'a donné le temps de dévisser le silencieux... Que j'ai vivement remis dans la poche intérieure de mon imper... L'odeur de la poudre m'a grisé pendant un bref instant... Puis, j'ai laissé pendre mon arme contre ma cuisse... Remis le trench-coat et mon chapeau... Et sans me presser plus qu'il ne le fallait, d'un pas assuré et désinvolte, j'ai quitté la pergola et pris la direction du parking, pendant que mon cinéaste amateur, insensible aux balles qui ricochaient dans la rue, inspectait sa caméra pour s'assurer qu'il avait tout filmé le carnage.

Le Beau Serge s'éloignait déjà du Grassy Knoll pour aller en direction du Texas School Book Depository, quand j'ai contourné la pergola pour aller le rejoindre. J'ai vu Sarti faire quelques pas vers la voie ferrée, et, tout de suite après, il a lancé sa Mauser au type vêtu d'une chemise d'employé de chemin de fer, qui l'a attrapée comme lorsqu'on saisi un enfant en plein vol. Sarti a ensuite redressé son uniforme d'officier, a pris le temps de bien ajuster sa casquette, puis il s'est dirigé vers le parking du TSBD pour aller nous rejoindre d'un bon pas.

Lucien n'avait pas fait deux enjambées que le cheminot mettait déjà un genou à terre, caché derrière une boîte de jonction du chemin de fer, et avec dextérité, comme s'il avait fait ça durant toute sa vie, le type à la chemise rayée a pris le temps de démonter la carabine en plusieurs morceaux. Après avoir dévissé le suppresseur du canon, le Cubain a remisé l'arme en pièces détachées dans un coffre à outils tout bosselé de couleur beige. Ensuite, il a marché vers le rail de chemin de fer comme si de rien n'était... Comme s'il appartenait au rail! Ensuite, il a longé la voie ferrée avant de disparaître au bout de la ligne parallèle sans fin...

Alors que des gens affolés se ruaient par dizaines en direction du Grassy Knoll, le motard de la police de Dallas qui avait escaladé le petit mont, le révolver au poing, menait la charge de ses concitoyens. Rendu au sommet de la butte, le policier s'est tout de suite rué sur l'un des Cubains qui avait tenu le rôle d'agent secret pendant la fusillade, et le type a immédiatement levé les mains en l'air en voyant le flingue du poulet braqué sur lui.

Puis, après avoir parlementé un peu avec le flic, le Cubain a sorti son badge d'agent des Services Secrets de sa veste et l'a vite agité devant le policier, qui l'a tout de suite laissé tranquille en constatant que le type « était de la maison ».

Après, le Cubain a pointé un doigt vers des wagons abandonnés de l'autre côté la ligne de chemin de fer, sûrement pour détourner l'attention du policier, alors que la foule commençait à se masser de plus en plus en haut du monticule pour tenter d'attraper les meurtriers du président. Ils étaient près d'une centaine qui cherchaient partout en criant, tous étant persuadés que les tirs qui avaient touché le président à la tête provenaient du Grassy Knoll.

Pendant que l'agent très spécial dirigeait le motard vers la gare de triage, nous, nous sortions du parking du côté de Houston Street, à l'opposé de la butte gazonnée, tout juste derrière le Texas School Book Depository, et marchions sans dire un mot à travers les voitures garées les unes contre les autres comme des sardines.

Arrivés sur Houston Street, j'ai tout de suite aperçu la familiale: le moteur de la *station wagon* semblait ronronner de joie en nous voyant arriver, avec des chevaux sous le capot qui piaffaient d'impatience.

Quand Frank Fiorini nous a vu déboucher du parking, il nous a tout de suite fait signe de rappliquer, en vitesse...

2

On est vite montés dans la bagnole; moi à l'avant, à côté d'un des Joe qui accompagnait Fiorini; Sarti et le Beau Serge ont grimpé derrière et se sont planqués sur le plancher de la voiture pour passer incognito. Dès qu'on eut refermé les portières, Frank s'est faufilé à travers les piétons, dans Houston Street, là où la panique commençait déjà à s'installer. Puis, comme si de rien n'était, il a tourné à droite sur Elm Street et emprunté le chemin du cortège présidentiel... Quel culot, ce Frank! Mais il n'y avait pas un seul flic pour nous barrer la route ou nous en interdire le passage. C'était la confusion organisée; personne ne savait ce qui se passait... Gracieuseté des forces de police de Dallas!

Quelques secondes plus tard, à l'endroit même où l'on avait descendu le président, Fiorini a ralenti, puis il s'est arrêté au beau milieu de la rue!, alors que l'un des Cubains qui avait tenu le rôle d'agent secret dévalait la pente à grandes enjambées pour venir nous rejoindre, et, dès que le type fut assis à l'intérieur, il avait dû faire le tour de la voiture, car Sarti et le Beau Serge étaient couchés derrière le siège du passager, Frank a appuyé sur le champignon de la Rambler... *Ramble on!*

Et ce n'est qu'une fois rendu de l'autre côté du Triple Overpass du Stemmons que Sarti et le Beau Serge ont pu prendre place sur la banquette arrière... Et qu'on a recommencé à respirer.

Dès qu'on eut franchi le viaduc, Frank m'a demandé, un peu inquiet: « *Now you tell me, Jo... How did it go?* »

Il ne savait pas encore qu'on avait liquidé le président.

- *Fine, Frank... Fine! One in the throat; one in the forehead, just above the right eye; and one behind and above his right ear... After the last two shots, the back of his head shattered into a million little pieces in the air: the mark was dead before the limo went under the Stemmons...*

- *... Are you sure, Jo? Are you absolutely sure of this? It's important... I heard on the radio that he was just...*
- *... He's dead, Frank! As dead as the sun sets in the West... As sure as Jesus Christ died on the cross to save humanity!*

Même si on était tous des Chrétiens baptisés et confirmés dans l'auto, j'ai tout de suite regretté avoir dit cela, car je n'étais même pas sûr si notre Seigneur Jésus avait seulement existé. Et comme en plus il était censé avoir ressucité le troisième jour... Ça n'était peut-être pas un très bon rapprochement à faire.

- *Good Lord! Very good, guys... Excellent shooting! This calls for a little celebration...*
- *... Yeah! Let us please going to the...*
- *... But not right now, Lucien,* a coupé Fiorini, sèchement.
- Putain, Jo! On se fait une petite virée au Carousel Club! Faut absolument fêter ça avec les filles du pédé! Non?

Quand Fiorini a entendu les mots « Carousel Club » sortir de la bouche de Sarti, il a sûrement déduit que Lucien voulait aller y faire la fête, même si Frank ne comprenait pas un traître mot de français.

- *No! No Carousel Club for you, guys. You have to keep a low profile and stay out of site for a wile. And on top of that, I have a little stop to make before we take you back to the safe house. So...*
- *... A stop, you say? But, what the fuck for, Frank? All the cops are gonna be gunning for us in the city! You crazy?*
- *Not all of them, Jo... Don't you worry about the pigs. I just need to talk to someone and pick up a package... It's important. Part of the plan, if you want to know... But I won't be long. Promise. We're cool, guys. Don't you worry about anything... We'll take good care of you.*

Ouais! Une balle dans le dos et *addio amici!*

Après nous être départis de nos accoutrements et de nos armes dans le stationnement d'une station service de Oak Cliff, je n'avais gardé que ma chemise blanche à manches longues et mis le reste de mes fringues dans le coffre, Frank est tout de suite reparti... Ensuite, on a roulé un bon cinq minutes dans le quartier où se trouvait notre planque; Fiorini regardait partout en croisant les rues transversales. Il avançait, lentement...

- *What's you looking for, Frank?* Que j'ai demandé.

- *I'm looking for a police officer of ours...*

- *... A police? What the hell for, Frank!... You crazy, man?*

- *Don't worry, Jo... Officer Tippit is working for us... Christ! Half of the Dallas police force is on the payroll! That cop is supposed to deliver a package for me. But... where the fuck is that cocksucker?*

On a roulé un bon dix minutes de plus dans Oak Cliff. Fiorini inspectait toujours les transverses et cherchait sa fameuse voiture de police. *Fantôme!* Puis, garée près d'un trottoir à l'ombre d'un arbre, on a finalement aperçu une auto-patrouille... Dedans, il n'y avait qu'un seul poulet et le flic semblait attendre quelqu'un... J'ai pensé que ça devait être Frank.

Sur la portière de la voiture, pris en sandwich entre les mots *Police* et *Dallas,* était inscrit le chiffre « 10 »: voiture numéro 10 de la police de Dallas, Texas.

Fiorini a stationné la Rambler un peu en retrait à une trentaine de mètres de là, au coin d'une rue transversale qui coupait l'avenue, puis il a ordonné:

- *Joe, take the wheel.*

Il s'était adressé à l'autre Joe, je l'avais bien compris, mais quand il a redit « Jo » une seconde fois, c'est à moi qu'il s'adressait ce coup-là...

- *Jo, I want you to come with me. You'll be my backup man on this one...*

Sarti avait plus ou moins compris les propos de Fiorini puisqu'il m'a tout de suite lancé:

- Je veux y aller moi aussi, Jo... Je veux vous accompagner... *I am... wanting to...to go too... with you...*

Mais Fiorini l'a coupé sec, pointant un index menaçant vers lui comme s'il avait déchiffré ce qu'il avait à dire:

- *È... Tranquilla! Non si muovono da qui.* (Toi... Tranquille! Vous ne bougez pas d'ici.)

- *What do you want me to do, Frank? I don't understand?*

- Don't question everything for once in your life and just fuckin' do what I tell you to do... And be ready for anything!... You've got a gun on you?

- Yes, Frank... I'm packing. I got my Walter. But...

- ... Good! Now follow my lead and don't say a fuckin' word!

Je n'ai rien rajouté de plus et j'ai suivi Fiorini, comme un chien son maître, mais je ne comprenais pas ce à quoi il s'attendait de moi, au juste. J'avais toujours la crainte de me faire buter par l'un de ses hommes, par la CIA, le FBI ou, justement, par un flic en service! Et ça me chiffonnait: je ne lui faisais pas entièrement confiance, à ce Frank, malgré que ce soit en apparence un chic type.

On a traversé l'intersection en vitesse, et, du côté du passager, Frank a abordé l'agent de police en cognant contre la fenêtre. Moi je me trouvais un peu en retrait... Le *backup man!* Puis, en faisant tourner un doigt qui actionnait un moulinet invisible, il a fait signe au policier de baisser la vitre. Ils semblaient très bien se connaître, tous les deux, et l'officier Tippit n'a jamais semblé effrayé outre mesure de le voir apparaître sur le trottoir: il devait l'attendre.

Le flic a fait tourner la manivelle de la portière et a baissé la vitre à moitié. Et c'est Fiorini qui a gueulé, en premier:

- Where the fuck is Oswald? He should be cuffed in the back of your car... Where's my package? Where the fuck is he?

- I don't know? I don't know, Frank? Don't you get mad at me... I've been looking all over for him, but I just couldn't locate him. So... You won't be able to drive him to Red Bird airport, as planned.

Ouais! Red Bird... Tu parles! Frank allait le buter illico, ce Oswald; effacer toutes traces du complot.

J'avais peur pour ma peau, moi aussi.

- And Ruby?... Where the fuck is Jack Ruby?... Have you spoken with him? He was supposed to wait for your call and then meet us here... Christ! Where are the fuckin' fags when you just need one?

- I don't know, Frank... I couldn't get him either. I tried calling... He could have gone to the hospital... Possibly to check on the President condition... I don't know what to tell you?

Moi je connaissais très bien l'état de santé du Président... Il était *D.O.A!* [*Dead On Arrival.* (Mort à l'arrivée à l'hôpital.)] Mais je ne me suis pas mêlé de leur conversation et je n'ai rien dit...

- Tippit? What have you done with Oswald? Tell me the truth... Now would be a good time! We don't have time to play 20 questions. This is important... Very! What have you done with him? Jesus Christ! Don't fuck with me, Tippit, otherwise I'm gonna squeeze you by the balls untill you tell me where he is...

- ... Oswald is not my fuckin' problem... I'm police... I don't have to answer to you, Frank. Find yourself another fuckin' killer. I don't want to do your dirty work no more. You get my drift? Now, fuck off, Frank... And leave me the fuck out of it!

Et sur ce, Tippit a actionné la manivelle et remonté la fenêtre pendant que Frank tonnait en cognant du doigt dans la vitre:

- Fuck off, you say? You want to fuck with me, officer Tippit? Really? Come on out of the cruser, you little piece of shit... I'm the fucker who's gonna fuck you over twice on Sunday!

Et c'est après cet échange verbal orageux que Tippit est sorti de sa voiture, le révolver au poing. Il était furieux et s'apprêtait à liquider Fiorini... Ou c'était Fiorini qui allait le faire en premier.

Merde! Je n'allais pas me faire un flic en plus de tout ça!

J'ai fouillé dans mon dos et empoigné mon Walter, mais Fiorini a été plus rapide que moi, et, déjà, il avait bondi comme un fauve à l'avant de la voiture avant que Tippit n'arrive à la hauteur du pare-choc... Et alors que l'officier de police Tippit s'apprêtait à faire feu sur nous, Fiorini lui a logé un bon cinq ou six balles à bout portant dans le buffet... Vidé son chargeur!

Tippit s'est écroulé au sol... Un sac de patates!

Le poulet avait probablement succombé avant d'avoir seulement goûté l'asphalte; sa plomberie fuyait de partout: il y avait même une petite mare de sang qui, déjà, s'étirait vers une canalisation d'égout tout proche. Cependant, comme il tressaillait encore un peu, mais selon moi, pour en avoir buté plusieurs dizaines en Algérie, ça ressemblait plus à des spasmes musculaires involontaires qu'à de l'activité musculo-volontaire, Fiorini m'a ordonné de parachever son travail alors que lui éjectait, une à une, les cartouches de son révolver et les laissait tomber sur le pavement... Près du corps de Tippit!?!

Putain! Mais qu'est-ce qu'il foutait, le con?

- *Now, finish him off, Jo!*

- *What? What's that you're saying, Frank?*

- *Just do him, for Christ's sake! For you it will be like killing JFK for a second time.*

- *You fuckin' crazy? You've gone completely mad or what?*

- *I said: fi-nish-him-off, for fuck's sake! Are you fuckin' deaf? You know dam well that we can't leave any witnesses behind. So, come on, Jo... Just get on with it already!*

- *But, Frank? He's already dead... Fuckin' dead! What do you want of me? To make him a little more dead than he already is?*

- *Have you suddenly developed a conscience, my little Jo? Just do him, for fuck's sake, and stop arguing with me all the time like a little girl with her panties in a bunch!*

Il se moquait de moi, l'enfoiré!

- *Do him, you're saying? But do what, Frank? That cop is a deadbeat! What is there to finish?*

- *Are you a fuckin' doctor?... No? So, how the fuck can you tell if that cocksucker is really dead or not?*

- *Um! Maybe by just looking at the corpse, Frank... By observing at the **huge** bullet holes in his chest? The blood is oozing from his hart, for Christ sake's! I could try to bring back the poor bastard by givin' him mouth-to-mouth resuscitation... And then kill him once again. But he looks fuckin' dead to me!*

- *Then... what's your fuckin' problem, Jo? Just finish the cocksucker for a second time, for crying out loud... Just fuckin' do him, will ya? And stop arguing all the time like a little brat from southern France!*

27

Je l'ai regardé sans comprendre. Puis, je lui ai glissé:

- *OK, Frank. OK... If you insist... I'll put a pill in his head and do him... Juuust to make you happy!*

- *Good boy! Now... Just fuckin' do him.*

- *Open casket or casket closed?*

- *Um! Good question. Better open... We may need him later.*

Et sur ces mots, je me suis penché sur le corps de Tippit et je lui ai mis un pruneau de .380 dans la tempe... « *The coupe de gras!* » Qu'ils disaient, ces enfoirés d'Américains!

La balle de mon automatique s'est frayée un chemin dans la tronche du moribond: la tête de Tippit n'a même pas bronché d'un millimètre. Il était bel et bien mort... Resterait plus qu'à l'enterrer avec JFK! Mais je ne savais pas encore qu'on allait trafiquer les photos officielles de l'autopsie du président et utiliser le corps de Tippit pour certains clichés officiels... Tippit étant en quelque sorte un sosie: une espèce de « *look-alike* ».

Quand j'ai ramassé la douille encore fumante de mon Walter sur le bitume, en essayant de ne pas mettre le pied dans la flaque de sang qui grandissait toujours, je me suis écrié:

- *You happy now, Frank? Is he fuckin' dead enough for you or do I have to do him for the third time?*

- *Good fuckin' job, Jo!... Super! I think JFK is really dead, now!*

L'enfoiré!... Il voulait juste que je participe au meurtre avec lui.

- *He's got at least half a dozen bullet holes in him, Frank... We've killed the poor son-of-a-bitch a good four times. At least!... Fuckin' waste of ammo, man!*

J'avais appris à la Légion l'importance de ne pas gaspiller mes munitions. Quand on n'a plus de cartouches et qu'on est pris dans une embuscade, on ne peut plus tirer... Et j'avais dû tuer des ennemis à la baïonnette juste avant qu'ils n'envahissent notre périmètre, mon trou d'homme, pour après récupérer leur arme et continuer à allonger des Fellaghas, en Algérie. Mais il s'en foutait bien, lui, des munitions... Ou même de mon avis.

Frank a souri comme s'il était fier de son coup. Il prétendait qu'on avait tué JFK deux fois, aujourd'hui. Mais moi je ne savais pas que, à cause de sa ressemblance frappante avec le président des États-Unis, le surnom de Tippit était « JFK » dans le milieu des forces de police de Dallas. Un surmon péjoratif, il va sans dire, car très peu de policiers aimaient John Fitzgerald Kennedy, au Texas... La tandance étant plutôt du côté du KKK, dans Dallas. Même que plusieurs policiers étaient des membres actifs du Ku Klux Klan.

Puis, de loin, on a vu arriver une grosse barrique Noire qui dévalait la rue... Quand Frank l'a vu débouler vers nous, il m'a tout de suite ordonné, alors qu'il terminait, impassible, le ravitaillement de son barillet :

- *Go back to the car, Jo. Go back... Now!*
- *OK, Frank. But... What about you?*
- *Just go, for fuck's sake... Go! Do something, will ya?*

J'ai coincé mon Walter dans la ceinture et je suis parti en direction de la familiale. J'ai juste eu le temps de traverser la rue que Frank me criait, en me faisant de grands signes de la main :

- *I'm gonna go the other way... You guys can pick me up further down the street.*

Et je suis reparti en vitesse vers la voiture, alors que Frank, lui, trottait dans la direction opposée, le flingue à la main.

Quand la grosse Noire est arrivée sur les lieux pour constater le décès de l'officier Tippit, j'étais déjà loin. Et j'ai dit à Joe, lorsque je suis entré dans la bagnole :

- *Frank wants you to pick him up down the street... Hurry!*
- *Got it... I'll go around the bloc and fetch him on the other side. But, Jo, what the fuck just happened over there?*
- *I have no idea what that was all about... I'm just like you, Joe... I just work here, man!*
- *But we can't leave a cop like this in the middle of the...*
- *... We'll light a candle for him later! Ok?*
- *Shit! Everybody is gonna be looking for us, now.*
- *Ho ya? Well, you deal with Frank on that one, Joe. Killing cops... that ain't my fuckin' specialty!*

On a vite fait le tour du bloc, puis on a ramassé Fiorini.

- *Frank? You tell me... Why the fuck did you leave your spent casings at the scene? Are you going crazy, or what?*

- *Spur-of-the-moment kind of thing, Jo... So it looks like Oswald just killed a cop. He's got a .38 on him. So, you do the math...*

Sarti me regardait avec un air envieux... Lui qui rêvait de se faire un flic américain à tout prix!

- *What happens now, Frank?*

- *Nothing will happen, Jo... Nothing. You guys are going back to the safe house so you can rest and celebrate. I've got to tie up some loose ends... So, I can't stay with you guys and party. Tomorrow, when the cops have their man at the morgue, we'll get you Frenchies out of town in a flash. Transport has been arranged for you and your team. And from now on, do not worry about anything. All the Dallas police force is gonna be looking for a cop killer...* **Officer down** *will be dispatched on all radio frequencies, and anyone with a gun in Dallas will be looking for the cop killer whose name happens to be: Lee Oswald!*

- *OK! Got it, Frank... Sounds like a plan!*

- *And Jo... Please keep an eye on your two Frenchy friends for me. I'm counting on you... And I don't want any waves like the last time! Make sure you tell your bozos so they understand!*

- *Don't worry, Frank... I'll but fuck them with my Walter to keep them quiet if I have to... And take one for the team!*

- *Fine, Jo. You do what you have to do. But make sure that you do what you have to do to keep a handle on things. Whatever it takes... We don't need any more problems!*

Quand Fiorini est reparti, avec le sourire en coin, Sarti avait déjà sorti les bouteilles de Whisky... Le Beau Serge était revenu avec sa came... Et on s'est soulés la gueule comme des Polonais!

Finalement, aux petites heures du matin, j'ai finalement réussi à m'échapper de l'emprise que les deux Corses avaient sur moi, et j'ai rampé jusqu'à ma chambre... J'étais ivre mort!

3

Lorsque je me suis réveillé, il faisait toujours sombre. Encore fatigué. Comme si je venais tout juste de m'étendre. Et j'ai paniqué l'espace d'un moment... Je ne savais plus où j'étais! Puis, dans ce noir qui broie tout, dominant cet instant de frayeur passager grâce à la lueur de lune qui filtrait au travers d'une lamelle de bois des persiennes, j'ai vite compris que je n'étais plus avec ma troupe, terré dans mon trou d'homme, mais bien dans mon lit. Et j'ai tout de suite fouillé sous l'oreiller... Mon pistolet.

J'ai cherché à me rendormir avec la sensation de ne pas avoir encore fermé l'oeil de la nuit, tourné plusieurs fois sur ma paillasse, rajusté, à mille reprises, les coussins pour trouver la position parfaite qui me permettrait de perdre conscience ne serait-ce qu'une seule minute... Ensuite, des lueurs sont apparues... Plus tard, c'était des gazouillis d'oiseaux. Et, dans la chaleur relative des draps, je n'ai eu que le temps de bailler un grand coup avant que le chanteur muezzin ne pousse sa longue et interminable lamentation de merde... Ah! Je l'attendais celui-là... Avec son putain d'appel à la prière! L'enfoiré nous réveille dès les premiers feux de l'aurore!... Mais pour les Pieds-Noirs de Bône ce sont plutôt les feux de la honte.

La fenêtre a continué à rougir pendant que j'essayais de voler quelques secondes de plus en faisant du sur-place dans mon lit, puis une pétarade m'en a fait bondir... À travers les doubles volets, une vieille Jeep... Elle aspergeait toujours les bâtisses lorsque j'ai zieuté entre les lattes.

Putain de Fellouzes, y fatiguent jamais, ceux-là!

J'habite sur des Caroubiers. Auparavant, c'était l'un des quartiers paisibles de Bône. Maintenant, ça tire de partout dans la ville... De haut en bas... De bas en haut... Pas de favoritisme! Et yo-ho-ho! Et unnnnnnnnnn pruneau pour tout le monde!

Je dois l'avouer, je ne sais plus quel jour on est... C'est peut-être mardi? Ou bien c'est mercredi? Je ne sais plus! Et depuis que c'est fini pour nous, l'Algérie, ça n'a plus vraiment d'importance. Chaque jour c'est plus ou moins la même routine; c'est la guerre civile qui nous guette au coin des avenues. À chaque détour d'un croisement, il y a un terroriste qui m'attend... Avec les nôtres qui s'effondrent sous les balles ou qui croulent sous les lames arabes dans les marchés publics de la ville. Les plus chanceux ont déjà mis les voiles en direction de la mère-patrie... Avant morfler! Les uns après les autres je les vois partir et bientôt il ne m'en restera plus un seul.

Mais si je m'entête à rester au pays, c'est pour rendre aux Fellaghas la monnaie de leur pièce... Pour laver l'honneur bafoué de mes amis qui ont mordu la poussière... Ceux qui sont tombés pour cette France en dehors de la France... Cette France qui n'existe plus! Et c'est avec du plomb que je veux leur donner le change.

Plusieurs fois, ils m'ont manqué. Et j'ai eu de la veine... Beaucoup de veine! Mais c'est moi qui aurai leur peau à tous, ces fumiers! Car le danger, ça ne me fait pas peur; je le caresse, quotidiennement; j'ai l'insouciance d'un dynamiteur expérimenté: j'ai tout fait péter au moins une fois dans ma vie... Tout, sauf moi-même!

Une voix rauque sort de mon gosier: « *Dio cane!...* (Chien de Dieu!) Mais qu'est-ce qu'ils foutent encore ces putains de Melons? » Ma voix, je l'ai à peine reconnue! C'est sûrement les deux paquets de Gitanes... Hier, j'ai fumé comme une cheminée: mes poumons s'en vont en enfer et moi je suis pas loin derrière.

J'ai sorti mon flingue, vérifié qu'il était bien chargé, le cran de sûreté est-il bien mis?... L'habitude, quoi! Car dans une ville où la chasse aux Blancs reste ouverte à l'année, un gars est mieux d'avoir son pétard sur lui en permanence.

Le soleil est à peine levé qu'il fait déjà chaud. On est seulement en juin, mais ça va monter à quarante-cinq, aujourd'hui. Je me rince la figure à l'eau fraîche, j'en profite pour me regarder dans le miroir: j'ai les yeux cernés. Un

Fellagha a dû me greffer des poches de thé ébouillantées sous les prunelles. Mais comment a-t-il fait son compte, le Fellouze? Parce que je n'ai pas dormi de la nuit, moi! « C'est une sorte de maladie chronique professionnelle, mon gars », avait dit le toubib de la Légion. C'était lors d'une visite médicale de routine, j'étais encore de service et « mon mal s'était développé au fil des ans », qu'il disait, « sans que personne ne s'en aperçoive... » Moi y compris! J'avais passé plus de trois années à patrouiller l'Algérie de long en large: les généraux m'avaient fait bouffer du Fell sans arrêt. J'avais survécu pendant toutes ces années sans m'assoupir plus de deux heures d'affilée... À la longue ça vous fait une de ces tronches, l'insomnie!

Des amis légionnaires, j'en ai connu plusieurs qui sont tombés. Tombés dans un état catatonique. Ceux qui dormaient trop bien. On les retrouvait au petit matin avec une balle dans la tête - c'était apparenté au sommeil de plomb -, ou c'était avec la gorge tranchée dans un bordel à soldats. La bouche était grande ouverte... Ça faisait penser à un appel à l'aide... À une demande de renfort... Une supplication! Mais elle ne serait jamais entendue par nos putains de généraux. Et aujourd'hui, mes compagnons sont morts: leurs paupières sont maintenant indifférentes à la misère humaine. Ils sont tombés pour l'Algérie... L'Algérie des Pieds-Noirs... Celle que notre *grand* général a bradée pour tout l'or noir du Sahara. « Je vous ai compris! », qu'il avait dit, à nous, les Pieds-Noirs. Mais après ses beaux discours, nous, on ne comprenait plus rien... Et l'Algérie de de Gaulle c'est maintenant l'Algérie de la honte.

Vers la fin de l'après-midi, des copains sont venus me chercher pour aller faire un tour en ville. Bône la coquette, comme on la dépeint dans Odé, la collection de guides touristiques français. Elle est vraiment élégante. C'est une petite ville portuaire sympathique d'une centaine de milliers d'habitants, peut-être plus, avec la grande majorité d'origine italienne. Le beau temps sévit à l'année, sauf quand il pleut, en hiver. C'est une espèce de paradis que les Romains ont fondés, puis abandonnés, dans l'Antiquité: Hippone... Avec des ruines romaines et tout le bordel. Un paradis, oui! Mais c'est sans compter les Melons. Et surtout... Les Fellaghas! Des Melons, eux aussi, mais des Melons révoltés, ceux-là. Et c'est là-bas que je suis né... Dans le quartier arabe avec les sans-nationalité et les défavorisés d'Afrique du Nord. J'ai fréquenté les mêmes écoles qu'eux; j'ai appris l'arabe dans les mêmes ruelles... Dans les mêmes cours... Il y a longtemps de cela... Très longtemps.

Je suis né au tout début de la Deuxième Guerre mondiale. Les Français avaient enfermé mon paternel parce qu'il était d'origine sicilienne et Peppé se trouvait toujours derrière les barreaux le jour de ma naissance, même s'il vivait en Algérie depuis au moins dix ans. Mais comme il n'avait jamais pris la peine de régulariser sa situation, pour les Français, Giuseppe serait toujours un Italien. Et comme la France était en guerre contre l'Allemagne et l'Italie, les politiciens l'avaient fait incarcérer... Par pure prévention. Même si Peppé n'aurait jamais fait de mal à une mouche!

Je n'ai jamais eu la tête à la politique. Mes amis non plus. Et nous, d'ailleurs, on n'écoute personne... Ni les prophètes de malheur ni les politicailleurs de droite... Encore moins ceux de gauche! On les laisse prononcer leurs beaux discours, faire leurs belles promesses, mais ils n'ont jamais rien fait pour nous, ces cons!... Seulement des promesses. Et moi, fatigué de leur inaction, je suis passé aux choses sérieuses avec les nôtres. Et avec mes amis de l'OAS (Organisation armée secrète) on s'est occupés des terroristes de notre zone: nous aussi on a commencé à terroriser... À nettoyer la ville!

Comme la plupart des Bônois de ma génération, je me contente de bonheurs passagers glanés çà et là... De pique-niques à la plage Saint-Cloud, de dîners entre amis au Simoun, de parties hebdomadaires de belote arrosées d'anisette avec Salvatore, les dominos avec Tic-Tac, les échecs avec l'oncle Nino, quand il arrive à sortir de sa campagne pour venir vendre ses fromages et qu'il vient faire son tour en ville... Des riens, quoi! Mais je connais chacun des clients du bistrot du quartier. Plusieurs sont de bons amis. Des amis d'enfance... Et même d'origine Arabe! Hé! Oui. J'en ai plusieurs... Plusieurs que j'ai sauvés du pétrin quand je le pouvais. Eux aussi ont fait de même pour moi quand ça leur était possible, car j'ai longtemps vécu avec eux... Parmi eux... Comme eux! On était comme des frères avant que n'éclate cette putain de guerre civile. J'ai même tété de la mamelle arabe en bas âge, car dès ma venue au monde, ma mère s'est trouvée gravement malade, et comme une voisine de palier venait, elle aussi, d'accoucher, j'ai pu savourer tout jeune le lait sarrasin. J'aime comme mes amis profiter des plaisirs simples de la vie; je n'ai que peu d'argent dans les poches, mais j'ai beaucoup de joie de vivre dans le coeur.

Notre petite ville s'étire sur la côte méditerranéenne; ses avenues se métamorphosent en débarcadère, juste avant de plonger dans l'onde saline. J'aime bien nager dans la mer, moi aussi, et j'allais souvent à la pêche aux huîtres, en saison, et pas seulement pour les manger, mais aussi pour trouver des perles... De petites merveilles que je revendais au bijoutier juif ou que j'échangeais contre des montres américaines sur la Place d'Armes. Et je suis déjà resté presque trois minutes sous l'eau... Pour vrai! C'est Ariane qui m'a chronométré, et plus d'une fois. Je m'en souviens très bien, car lors de mon record de plongée elle avait eu très peur en regardant l'aiguille faire des tours de cadran. Mon ami Salvatore m'avait rapporté qu'elle n'arrêtait pas de dire des trucs du genre: « Mais y remonte plus!... Y remonte plus! Mais qu'est-ce qu'il fait, celui-là?... Y remonte plus! ».

Ce n'est pas le Pérou, mais c'est chez-nous! *Notre* chez-nous! Et nos plaisirs à nous, jeunes Pieds-Noirs de Bône, c'est d'entendre le cri des marchands de brochettes d'agneau ou de merguez de la Place d'Armes... « Des merguez aussi petites que la quéquette d'un chat », dit toujours Salvatore, en riant, mais qui sentaient si bon; c'est la joie plaisanter et d'arpenter les avenues du quartier Saint-Cloud avec les copains; c'est de se promener dans les allées bondées du cours Bertagna avec une belle fille accrochée au bras, les dimanches... Ce sont là tous les ingrédients de notre bonheur, à nous, jeunes Pieds-Noirs, sur une terre qui nous est maintenant hostile.

Je me suis attardé quelques instants sur le pont de la Tranchée. Appuyé contre le garde-fou, j'ai admiré avec envie les bateaux de pêche à l'accostage. Ils rêvassaient, paresseusement, dans le petit port de mer... Si seulement je pouvais dormir un peu, moi aussi je serais en mesure de rêver. Autant que je veux!

Finalement, je prends le chemin de la Place d'Armes d'un bon pas; j'ai envie de manger des brochettes à l'ombre des arcades avec les copains. La chaleur est toujours suffocante et plus on s'approche et plus il y a dans l'air tout un mélange d'odeurs grisantes qui nous mettent l'eau à la bouche: des brochettes d'agneau de Constantine aux bricks de pommes de terre à l'ail et au persil. Tous les Bônois connaissent l'endroit pour son animation et ses commerces, mais passé les cafés et les bistrots, c'est un véritable coupe-gorge... C'est le quartier qui abrite les maisons de tolérance arabes et les lieux de débauche pour soldats... Le bordel total, quoi!... Un monumental enchevêtrement de rues malfamées qui se termine en cul de sac: l'Algérie s'en va vers l'impasse et moi j'y cours tout droit.

Je remonte l'allée piétonnière pour retrouver d'autres amis non loin du café Le Simoun. Ils m'attendent à l'ombre d'un palmier et grillent des cigarettes. Le Simoun, c'est une petite bâtisse aux murs peints à la fleur de chaux pour tuer les insectes porteurs de malaria. La Seybouse les charrie et ils agonisent contre les parois des constructions en se collant dessus au lieu d'essayer de nous piquer pour nous refiler la tremblote à moustique! Mon père l'a eue et a été très malade. Il en est presque mort. De fièvre. Et depuis ce jour, il a le foie anéanti.

Pas très loin du café, il y a un joli petit cinéma: l'Olympia. Les Fells ont menacé de le faire sauter plusieurs fois. On prétend que le propriétaire y projette des films jugés impudiques par Allah. Mais qu'est-ce qu'il y connaît au cinéma, ce con?

On y voit parfois des hommes embrasser des femmes et des demi-portions de poitrines nues. Adolescent, je les additionnais et ça m'en faisait une presque complète.

Le propriétaire du Simoun est un ancien capitaine de la Légion, un dur de dur - surtout un « dur à tuer! » -. Il a survécu à l'Indochine, à la campagne malsaine d'Algérie de 1954 et à la bouffe de l'Armée française... Un exploit! Le nom de son bistrot vient de *samoûn,* le mot arabe pour désigner les vents secs et chauds d'Arabie et du Sahara. Quand le tenancier voit arriver de loin notre petite troupe, il nous fait de grands signes de la main.

Je déchiffre approximativement sa gestuelle; j'avais compris: « Ne pointez pas vos tronches du côté du café! »... Et j'avoue que, sur le coup, je n'ai pas réagi. Alors, pour ne pas avoir l'air trop idiot, j'ai battu l'air torride et lourd d'humidité de la main... Puis, un jeune Arabe début de la vingtaine, comme moi, m'a croisé dans l'allée bondée de passants. Je l'ai reconnu au premier coup d'œil: c'est Abdel. Abdel Kassem. Il avait partagé la même pauvreté et grandi dans les mêmes basses-cours du quartier arabe, et il m'a dit, en continuant son chemin, sans s'arrêter ou ni même me donner la main: « Déscends dé la rue! Rétourne-toi vite et déscends! Rétourne vite chez toi! Ils sont fous... Ils veulent vous tuer à tous! »... Le tout s'étant déroulé comme dans les films d'espionnage d'Hitchcock, sauf que je n'étais pas aussi élégant et svelte que Cary Grant. Mon copain de ruelle semblait avoir peur de se faire gommer par une balle fellouze... Même s'il était Musulman! Et au même instant, il y a eu comme un déclic qui s'est fait dans ma tête...

Et je mets la main dans mon dos... Je fouille sous ma chemise moite... Je saisis la crosse de mon automatique, coincé sous la ceinture... Je le sors... Enlève le cran de sûreté... Et je laisse pendre l'arme contre ma cuisse: c'est maintenant le prolongement de ma main; une main qui donnera la mort à qui la veut! Et je me sens tout de suite soulagé, car je suis prêt. Prêt à quoi?... Ça, je ne le sais pas encore, mais je suis tout de même prêt... Prêt à tout. Puis, des passants m'ont regardé avec effroi, lorsqu'ils ont zieuté mon calibre: un pétard qui pendouillait au bout de mon bras comme une excroissance pestilentielle.

J'avais l'air d'un type qui a chopé la gale. Un contagieux!

« Mais y a pas de quoi se flinguer, *Signora Pasquale!* », que je lance à une voisine de pallier, en fouillant dans la foule, les sens en alerte. Et, malgré mon expérience de guérilla urbaine, je ne vois pas la menace. Pas encore. Mais je sens le danger... Il est là... Il nous guette!... J'en ai la chair de poule... Un sixième sens que j'ai développé à la Légion... Une capacité d'anticipation qui m'a permis de survivre à tout ce que les Fellouzes m'ont envoyé jusqu'ici... Et ça commence à me chicoter... Drôlement! Car je n'arrive pas à voir la menace... À mettre le doigt sur le bobo.

« Moi, je monte pas là! »... Que je dis à mes copains.

- Hooon! Mais on va manger des brochettes, voyons!

Nico se masse la bedaine, car il a grand faim.

- Non! Je ne monte pas, moi! T'as vu l'Arabe qui vient de nous croiser... Hé! Bien, il m'a dit de retourner à la maison parce que... Parce que... Y a quelqu'un qui veut notre peau, ici... Y a quelque chose qui ne tourne pas rond... Je le sens!

Je lui crie ça en pleine gueule et sur la pointe des pieds, car Nico c'est un géant qui fait presque deux mètres.

- Tu as peur! Ho! Ho!... Répond Nico.

Il se met à rouler des mécaniques: un vrai gorille.

- Ouais! Certain que j'ai peur... J'suis pas fou comme toi!

Mes yeux noisette plongent diagonalement dans ceux du colosse, car je ne les rejoins qu'à peine du haut de mon mètre soixante-quinze, et je n'ai pas seulement fini de ravaler ma salive que ça se met à péter... Partout, dans la rue Saint-Augustin, les balles sifflent en rafales et trouent la chair au son des cris de ralliements fells: « *N'katlan n'sara!* (Tuez les chrétiens!) »

Les projos ricochent sur les pavés et finissent leur course contre les murs ou les vitrines des commerces. Pas besoin de savoir tirer, car à cette heure d'affluence, l'avenue piétonnière est noire de monde. Les gens fuient dans tous les sens... Les moins chanceux geignent par terre, touchés par des rafales souvent mortelles de 7,62 mm...

Avec mes amis je traverse la petite place arabe en vitesse, courbé en deux, pour présenter la cible la moins favorable aux djounouds qui, en plus de nous canarder, crient toujours pour soulever leurs frères, passifs: « *Ouktelhou, eddeblhou!* (Tuez-les, égorgez-les!) ». Plusieurs Arabes regardent la scène avec effroi pendant que moi je titube... Je m'excuse... Presque...

Lorsque je me cogne contre des amis ou des connaissances du quartier: « Salut! Ça va, la santé? », que je balance à Omar, un copain du cours primaire, terrorisé, lui aussi. Mais plusieurs gisent déjà au sol. Ils sont blessés ou juste affolés par les salves et ne savent plus trop que faire pour se sortir de là, vivants.

Nous arrivons au Simoun à pleine vitesse... Dans la rue c'est la confusion, et en aucun moment je n'ai été en mesure de tirer ne serait-ce qu'un seul coup de feu. Le vieux légionnaire nous attendait sur le seuil de porte du Simoun. Il semblait vouloir narguer les Fells et bravait les balles ennemies avec son torse, et, avec de grands moulinets, il nous enjoignait à nous dépêcher...

C'était comme dans les compétitions d'aviron pour que les rameurs avancent plus vite, mais avec lui je suis sûr que ça n'est pas pour nous monter un bateau.

Le tenancier rabaisse le rideau de fer dès que nous nous jetons à l'intérieur en roulé-boulé, puis quelques rafales entonnent sur le métal les premières mesures d'une pièce de concert: « Tac, tac, tac, taaaac... Toc, toc, toc, toooc... ». On dirait du Beethoven... La musique de la terreur!

Ensuite, une patrouille de l'Armée française débarque dans la Place à toute vitesse... Les tirs des rebelles les ont alertés ou c'est le colonel de la garnison bônoise qui s'est fait déranger pendant son dîner. Mais dans patrouille, il y a le mot « trouille », et les jeunes recrues sont craintives. Expatriés de France à cause des circonstances malheureuses qui affectent la colonie algéroise, on les a forcés à prendre du service en Algérie, et en descendant des camions ils se mettent à tirer partout. Le capitaine leur avait dit: « Faut nettoyer la Place... Exécution! ».

Et ils l'ont fait... Exécuter les ordres et tirer sur tout ce qui bougeait dans l'arcade. Et en faisant place nette ils auront moins de chance de se faire estropier par les Fellaghas ou de tomber pour la France. Mais les bérets français font plus de tort que de bien avec leur tir à l'aveuglette: c'est comme si l'officier avait donné des fusils mitrailleurs à des solistes non-voyants avec la permission de faire feu comme ça leur chantait. Et les barbouzes du Général font fuir des civils et en blessent d'autres, pour qui tout va maintenant se terminer par une chanson.

J'ai tout de suite reconnu cette grande musique de concert algéroise, car pendant plus de trois longues années j'en ai souvent joué...

À peine trente secondes ne s'écoulent avant que les Fells ne s'évaporent dans la nature, puis c'est le silence... Total. Les instruments français ont cessé de faire des harmonies avec les Fellouzes. Plus tard, tout sera noté et consigné par le chef de troupe comme sur du papier à musique avec portées et clef.

Une fois la Place calmée, un médecin de l'Armée s'est porté à la rescousse des blessés. Il les a examinés, a pris leur pouls, les a palpés un peu partout... Un vrai docteur! Ou plutôt un dieu qui a le droit de vie ou de mort sur ses patients, car c'est lui qui va désigner ceux qui vont être envoyés à l'hosto en priorité: « Lui, là-bas... Oui! Lui aussi... L'autre!... Le barbu?... Non! Laissez-le... C'est déjà trop tard pour lui! »

Le doc de la Légion appelait cette procédure: « triage ». Mais quand c'est moi qui le fais dans les rues de Bône, on n'hésite pas à me traiter d'assassin!

Le prélude avait été bien orchestré. Sur la Place, on n'entendait plus qu'une succession de demi-soupirs, le dernier soupir... Le vrai... Celui du mourant affalé sur les pavés.

Quand j'étais encore de service à la Légion, nous, les malchanceux, on les achevait sur place... Une balle dans la tronche et leur cas était vite réglé. « C'est pour mettre fin à leurs souffrances inutiles », disait notre capitaine du 1er REP, qui justifiait notre action humanitaire avec un sourire en coin. Car la souffrance, c'est toujours inutile... Sauf à Tlemcen lorsque je participais aux interrogatoires du Deuxième Bureau!

Lors de mon service chez les paras, quand je n'étais pas de patrouille avec ma bande, je leur servais souvent d'interprète, car au bataillon j'étais l'un des seuls qui parlait couramment l'Arabe. Mais c'est aussi parce que le commandant m'avait découvert certaines aptitudes naturelles pour faire parler les gens. Il disait que j'avais un talent certain pour la communication: « un don inné ». Mon boulot consistait à délier des langues grâce au téléphone de campagne. La technique du *waterboarding* - la noyade simulée -, ça ne fonctionnait vraiment pas... D'abord, c'est parce que dans le djebel on n'avait pas vraiment de flotte à gaspiller pour ca, il n'y avait même pas assez d'eau pour prendre une douche, ensuite, c'est parce qu'un gars en train de se noyer ne peut pas vraiment communiquer avec vous: votre client ne cherche qu'à remonter à la surface pour respirer. Alors...

Moi ce qui me passionnais le plus dans mon travail, c'était de faire passer le courant avec ma clientèle... Faire tourner la magnéto, quoi! Et c'est incroyable ce qu'on peut faire dire à quelqu'un en établissant un circuit électrique en courant continu depuis les roubignolles jusqu'à l'anus de son client... Et ce, qu'il ait quelque chose à balancer ou pas! Grâce à la magie du téléphone militaire, une étrange communication s'établissait entre nous, alors que mon Fell, mis à nu pour l'humilier bien comme il faut, pissait et tremblotait en déballant tout son matos.

Cependant, plusieurs *coupeurs de routes* (Fellagha) ne se rendaient pas au bout de nos sessions de communication, mais comme c'était pour sauver des vies pieds-noires, nos supérieurs nous donnaient souvent l'ordre de continuer à les faire parler... Jusqu'au bout. Les gars du Bureau disaient que c'était pour s'assurer que notre Fellouze ne change pas sa version des faits... Et, trente minutes plus tard, effectivement, il ne pouvait plus la changer.

Au tout début, lors de mes premières séances de travail avec mes amis des services de Renseignements, j'ai trouvé ça un peu difficile. Puis, avec des centaines d'heures de pratique derrière la cravate, on découvre qu'on ne ressent plus rien pour son client; et votre capitaine, lui, prétend que vous êtes maintenant un vrai professionnel de la communication... Une machine à faire parler les gens! Et c'est incroyable ce que j'ai pu faire subir à mes semblables au nom d'une cause. Par contre, je me sentais toujours un peu démuni lorsque je voyais l'un de mes proches souffrir et agoniser dans les rues de Bône.

4

Après le carnage, je suis sorti en douce du Simoun avec mes copains. On était tous restés sur notre faim, car personne n'aime voir les siens se faire découper en morceaux...

Sur la Place quasi déserte, deux soldats de service s'affairaient à ramasser les cadavres. Ils les cordaient dans un poids lourd et maugréaient des trucs du genre « c'est pas juste! » ou « c'est toujours moi qui suis de corvée ». Les récriminations habituelles, quoi! Et c'est en traversant le square que j'ai reconnu l'un de mes cousins... Un cousin éloigné. Il était du côté de ma mère et ça l'avait encore plus éloigné suite au décès de maman...

Maman est morte à cause d'un souffle au coeur, un problème de valvule que ma turbulente venue au monde n'avait fait qu'envenimer: dès ma naissance, j'avais déjà commencé à tuer... J'avais de la graine de conquérant! Et, après l'enterrement de ma mère, je n'ai plus beaucoup revu la parenté du côté de sa famille... Surtout après que mon père se soit remarié.

Âgé d'à peine vingt-six ans, mon cousin était étendu sur les pavés de la Place. Raide. Il avait déjà une drôle de senteur, lorsque je me suis penché sur lui pour constater le décès, avec des relents de merde et d'urine qui agressaient mes narines. Je connaissais bien ce parfum: c'était l'odeur de l'abandon... L'odeur de la mort! Et j'ai fait la grimace à cause de l'arôme fétide, mais le visage de mon cousin, lui, esquissait tout de même un vague sourire... Ça ressemblait à une expression de soulagement, comme lorsqu'on est au cinoche et qu'on se retient pendant toute la durée de la projection et qu'on peut enfin y aller.

Mon cousin n'était atteint que d'une seule balle, mais c'était la bonne. Elle lui avait arraché la partie supérieure du thorax et une bonne partie du cœur, le reste ayant déjà été emporté il y a huit ans quand des terroristes arabes ont violé, puis égorgé, sa fiancée. Depuis ce jour-là, mon cousin s'en voulait à mort, car un homme, un vrai, se doit de protéger sa bien-aimée même au péril de sa vie et que lui avait été impuissant à la sauver des griffes des Fellouzes.

Le camion vite est reparti; l'avenue était maintenant paisible; mais un relent de mort et de poudre brûlée enivrait toujours mes narines. Et ça m'avait rendu fou de rage de voir la carcasse inerte de mon cousin... Faudrait le venger!

**

Plus tard en soirée, j'irai rendre visite à mon cousin... J'ai parlé avec Ariane, ma fiancée, et je lui ai expliqué que je ne pourrai pas sortir avec elle: pas de danse au bal de la Colonne, comme promis. Elle n'avait pas l'air très contente et me faisait la tronche, quand j'ai rajouté, pour tenter de me justifier:

« C'est pas ma faute à moi si mon cousin s'est fait gommer par des putains de Fells... Bordel de merde! »

Mais lorsque j'ai vu sa réaction, je me suis dit que je n'aurais peut-être pas dû lui dire ça. Enfin! Pas de cette manière... Et elle n'a plus dit un mot de plus après sa petite crise de nerfs. Ensuite, elle m'a fermé sa porte pour la soirée. Peut-être pour plus longtemps, encore. Ça dépendra d'elle. Et ce sera pour moi une espèce de passage au purgatoire forcé par des circonstances incontrôlables qui affectent la ville.

Dans un pays chaud comme l'Algérie, on ne gaspille pas de temps en vaines procédures lorsqu'il est question d'enterrer ses morts. Ici, en quelques heures, on peut passer de vie à trépas... Et quelques fois sans même s'en apercevoir. On erre sans but dans les rues de Bône avec son clebs, et puis, le lendemain matin, on se retrouve entre quatre planches au fond d'un trou. On a beau chercher qu'on ne se rappelle de rien... Et tout le monde se demande ce qui vous est arrivé. Tout le monde, sauf votre femme qui, elle, vient vous pleurer au cimetière accrochée au bras d'un autre type. Et même votre fidèle barbet vous pisse déjà dessus! Alors...

Peppé dit que c'est à cause de la chaleur.

***

Mon cousin est exposé dans le salon de tante Anna. C'est la plus grande pièce de l'appartement... À l'entrée, il y a une chaînette pendante: elle garde habituellement l'entrée de la salle, qui a été transformée en petite morgue, pour la circonstance. Les murs blanchâtres réfléchissent une lumière blafarde fournie par deux petits lustres décrépis, avec deux grands divans de style antique qui sont recouverts de plastique transparent pour les protéger des affronts des invités. Ma tante les a collés aux murs opposés: ils semblent attendre les convives en trépignant d'impatience.

Habituellement, mon cousin n'a pas le droit d'entrer dans le salon parce qu'il n'a été conçu que pour les visiteurs de marque, mais je pense que tante Anna a fait une petite exception pour lui, ce soir. Plusieurs chaises sont disposées en demi-cercle, avec au centre, deux chevalets sur lesquels semble se reposer la dépouille. Le cercueil est ouvert et mon cousin a revêtu son plus beau costume du dimanche... Il avait l'air soulagé de voir autant d'affluence! Mais moi je connaissais la vraie raison de son petit sourire mortuaire...

Près de la bière, il y a la famille rapprochée de mon cousin, et il me faut un bon dix minutes pour faire le circuit et pour en finir avec les accolades, les bisous sur les joues, les « ça fait longtemps que j't'ai pas vu! » et les « mon Dieu que tu ressembles à ta mère! »

Maman est morte quand j'avais six ans, et ça doit faire une bonne dizaine d'années que ma tante n'a pas vu ma tronche se pointer chez elle. Mais comme elle ne m'a jamais invité ne serait-ce qu'une seule fois à venir prendre le café pour avoir de mes nouvelles, je n'ai pas à me sentir coupable de quoi que ce soit.

Après les condoléances d'usage, je me suis assis à l'écart, pris par la fatigue de la journée, et j'ai laissé la famille immédiate de mon cousin s'entre-déchirer sur *qui* l'on devait blâmer pour sa mort inutile. La mort d'un Pied-Noir par balle c'est déjà inutile... Et je n'ai pas osé m'en mêler. Mais j'aurais pu expliquer que mon cousin était mort depuis huit ans; que c'est arrivé le jour où les Fells ont abusé de sa fiancée et qu'ils l'ont tuée, devant lui; qu'il avait été incapable de la protéger; et qu'il s'en voulait à mort depuis ce jour fatidique. Cependant, je ne me sentais pas la force de le dire à ma tante... Parce que la pauvre ne s'en était encore jamais aperçue!

J'ai bâillé d'ennui une bonne partie de la veillée, n'osant pas pousser l'impolitesse jusqu'à griller des cigarettes dans le salon d'apparat de ma tante, mais ça n'était pas l'envie qui me manquait. En plus, il faisait très chaud... J'étouffais! Alors, j'ai desserré mon nœud de cravate pour respirer un peu, même si habituellement on ne doit pas.

Vers vingt-trois heures, j'ai profité de la marée humaine qui sortait pour essayer de quitter en douce le salon mortuaire de ma tante... Mais je me suis fait choper juste avant la sortie. Et je n'ai tiré ma révérence qu'après avoir promis à ma tantine de revenir plus souvent... Sur la Bible! Mais comme j'avais les doigts croisés dans le dos lorsque je lui ai juré que je retournerais bientôt chez elle, ça ne comptait pas pour vrai!

Et je ne pense pas que j'aurai l'occasion d'y remettre les pieds de sitôt à moins de perdre un autre cousin... Ce qui n'est pas du tout impossible compte tenu des circonstances qui affectent la colonie. Et ça m'a pris un autre bon dix minutes avant de mettre les voiles...

Pour finir la soirée, j'ai fumé des cigarettes et bu un coup avec mes oncles dans un café du coin. Ils avaient insisté pour que j'aille les rejoindre: ils en avaient long à dire et sur mon cousin et sur l'Algérie française...

5

Le lendemain du massacre, on assistait à la messe funèbre de mon cousin décédé la veille. J'avais fûmé du kif avec des amis avant d'entrer dans l'église, histoire de faire passer le cafard qui nous tenaillait tous suite au massacre de la veille.

Tante Titine, la soeur de papa, était accrochée au bras tremblant de tante Anna, la mère du décédé. L'une pleurait et faisait sa tronche d'enterrement, l'autre priait le doux Jésus pour les deux. On était assis dans une petite section réservée aux proches des disparus, mais mon père avait préféré s'exiler dehors avec la parenté éloignée, car la pratique du catholicisme « c'est dur pour les genoux! », qu'il prêchait.

Les cercueils étaient garés dans l'allée centrale en double file à cause du nombre élevé de dépouilles mortelles. Tante Anna, qui avait perdu son fils aux mains des terroristes, pleurait comme une folle devant un immense Jésus cloué sur sa croix: il avait d'ailleurs l'air enchanté d'avoir été invité à la cérémonie.

« Pourquoi m'avez-vous pris mon fils bien-aimé? », avait-elle crié, entre deux sanglots.

Jésus avait sembler embarrassé par sa question. Et moi aussi je l'étais un peu, car maintenant c'était l'église entière qui nous regardait! J'avais ensuite tenté de calmer ma tante et d'enrayer ses pleurs à l'aide de Titine et d'un mouchoir.

« On croyait en Vous et Vous nous abandonnez! », avait osé se plaindre tante Anna, affaiblie moralement par la mort de son fils.

La statue de Jésus avait semblé remuer la tête...

« Qui va s'occuper de nous... Hein? Maintenant qu'il est mort?... Pourquoi l'avez-vous laissé crever comme un chien? »

Elle avait pointé un doigt menaçant en direction de Jésus. Et c'est à ce moment-là que j'ai entendu les mots: « Mais qu'est-ce que je fous ici, mon Dieu Seigneur? »

Dio cane! (Chien de Dieu!) M'étais-je exclamé en sicilien, totalement sidéré... J'hallucinais ou quoi?!? Mais ça semblait venir de la statue de Jésus!

Cependant, tante Titine, elle, se demandait pourquoi on ne laissait pas le fils de Dieu se reposer en paix sur sa croix. Et en plus de tout ça, elle m'a frappé en plein visage, parce que j'avais osé traiter son Dieu de chien.

Moi qui passais pour un païen depuis ma première et dernière communion - enfant de choeur, je n'avais pas tellement apprécié qu'on me prenne par les burettes dans la sachristie, après la messe, les burettes étant habituellement rangées à côté de l'autel -, je m'étais demandé quel acteur on avait pris pour tenir le rôle de Jésus, car celui-là... il était très bon! Et c'était très réaliste, la mise en scène du cureton. Finement ciselé! Fallait le garder, ce type... Absolument! Avec lui, on allait remplir les églises à tous les jours... Certain! Et il s'en est fallu de peu pour que je me mette à applaudir à tout rompre, mais comme c'était les funérailles de son cousin, je me suis retenu, et surtout je ne voulais pas déranger mes tantes et leur gâcher le spectacle liturgique.

Finalement, le cureton s'est mis à flatter la divine assemblée avec de petits coups d'encensoirs bien répartis, et, arrivé devant l'alter ego, il a enfin pris la parole: « *Dominus vomiscum...* ».

- *Es com spiritoutounne!*

Les fidèles spectateurs des premières rangées avaient répondu en choeur, puis ils se sont mis à se signer par vagues successives, celles-ci finissant par contaminer les autres fidèles assis derrière... Et ainsi soit-il!

Les cassolettes allaient à pleine volée et échappaient de petits nuages de soumission et des flammèches, les enfants de choeur faisant glisser le chapeau sur les chaînettes, violemment. J'en avais déduit que c'était sûrement pour leur faire cracher le morceau... Et, après le fouet, le pauvre Jésus sur sa croix fut victime de nombreux coups d'encensoirs.

« Mes très chers frères, avait professé le représentant de Dieu sur terre... Ce qui intéresse votre Seigneur, notre doux

Jésus et moi-même, ce n'est pas le bonheur de *tous* les hommes... Mais bien celui de *chacun* d'entre vous... »

- *Amen!* Avait répondu l'auditoire composé de captifs de la religion et de grenouilles de bénitier.

L'ecclésiastique m'avait bel et bien perdu, et je pense que le fils unique de Dieu l'était un peu, lui aussi, car il avait semblé tendre l'oreille lorsqu'il a entendu prononcer son nom:

« Jésus! »

C'était peut-être à son tour de jouer, mais il ne comprenait strictement rien à toutes les litanies du curé... Moi non plus!

Pendant ce temps, le pauvre officiant cherchait désespérément son bréviaire. Il ne se rappelait plus de son texte... Des formules magiques! Je ne sais pas, moi? Mais où donc était le souffleur?

De guerre lasse, alors que son foie tenaillait son volubile estomac, il a décidé d'improviser: il jouait si bien la comédie quand il le voulait, lui aussi, comptant surtout sur l'ignorance et la crédulité du bon peuple... Et aussi sur la langue latine! Sauf qu'à Bône, malheureusement pour lui, on parlait aussi l'italien. Ça augmentait donc la difficulté de son jeu...

Comme il avait une faim de loup, il est passé directement de l'Agnus dei au Confit-de-porc, ça éliminait d'emblée tout Arabe ou juif de la cérémonie religieuse, ensuite il a obliqué par les Asperges et le fromage Kyrie. Lorsqu'au son des clochettes les fervents baissaient la tête pour l'adorer, il en profitait pour avaler de grandes rasades de vin en cachette. Après, il s'est bourré dans les hosties. Puis, il a enchaîné en faisant le pître avec saint Matthieu: « ... Et c'est à ce moment-là que les cons-disciples s'approchèrent de Jésus, après avoir mangé des fayots judéens toute la soirée, et Simon-Pierre demanda: Rabbi?... Qui donc est l'homme dont le pet porte le plus loin au royaume des cieux?... Ô! Doux Jésus, ô! Rabbi Jacob... Qui d'entre nous est le plus grand des péteurs? ».

J'avais cru un instant voir bouger le gars qui tenait le rôle de Jésus sur la croix... Il avait levé la tête et semblait tendre l'oreille pour mieux comprendre le texte saint... Car on laissait entendre qu'il en était l'origine?!? Lui qui croyait avoir enseigné qu'il était la source de la vie éternelle et des trucs du genre:

« Laissez venir à moi les petits enfants... ».

Mais c'est à peu près tout ce que les curés catholiques semblaient avoir retenu de son enseignement.

Une fois la longue messe funèbre terminée, la cathédrale s'est vidée, rapidement, et les fidèles se sont massés en bas de l'escalier en grand nombre. Le cortège funéraire s'est ensuite ébranlé vers le cimetière, avec les familles des disparus éparpillées à la traîne derrière les officiants, mais moi c'était les tantines que je traînais... Elles voulaient sûrement me faire gagner mon ciel!

Un soleil infernal brûlait la rue. Il devait faire quarante degrés, à l'ombre, et j'aurais pu faire cuire un oeuf sur le capot d'une voiture, tellement c'était chaud!... Ce jour-là, aller au cimetière serait une véritable descente aux enfers pour tous ces gens qui portaient le deuil.

Tout au long de la procession, les badauds se découvraient avec respect, et, après avoir fait les cent premiers mètres, il ne restait déjà plus que les cercueils et les familles immédiates des disparus, tellement c'était suffoquant. Certains processionnaires, se sentant sur le point de défaillir ou de perdre connaissance, s'arrêtaient subrepticement dans les cafés pour se rafraîchir et reprenaient des forces grâce à une anisette bien fraîche en s'adonnant à la belote et aux dominos. Les Bônois étaient craintifs, car il y avait eu des tirs de Fellaghas sur les convois funèbres dans les semaines précédentes, et des parents dans le deuil avaient été tués lors de processions antérieures: ils avaient été abattus du haut des toits par de jeunes recrues fellouzes.

Quelques fois, les ratagaz lançaient des grenades sur les processions et blessaient mortellement des passants, les terroristes arabes poussant même l'audace jusqu'à plonger de longues lances d'acier à travers les cercueils... Les morts, ainsi cloués au pin pour l'éternité, n'avaient qu'un dernier petit soubresaut de rien du tout...

Finalement, le cortège est arrivé au cimetière. J'étais mort de soif... On crevait tous d'envie pour un bon verre d'eau! Et de loin, en voyant les cryptes et les pierres tombales, je me suis tout de suite mis à penser à ma mère...

Maman était enterrée-là, morte d'une faiblesse cardiaque suite à ma venue au monde, et c'est ma tante Titine qui m'avait servi de mère de remplacement avant que papa ne se remarie, quelques années plus tard. Et c'est seulement à ce moment-là que mon cœur de pierre s'est remis à donner de grands coups dans sa poitrine, comme s'il n'avait recommencé à battre que lorsque je me suis remis à penser à maman.

Le cureton a terminé la cérémonie par un très rapide laïus de circonstance. Il a ensuite donné le *bénédicton* et aspergé l'assistance d'eau stagnante bénite interdite à la consommation, mais pas à la bénédiction... On avait tout de même le goût d'en boire une gorgée, tellement on avait soif! Puis, le curé a béni les cercueils. Et la foule s'est dispersée, rapidement.

J'ai profité de l'enterrement pour aller me recueillir un moment sur la tombe de ma mère, et, cinq minutes plus tard, à cause de la chaleur suffocante, on est repartis en direction des cafés du quartier arabe.

Des amis assoiffés de vengeance m'y attendaient devant un verre, mais moi, pour l'une des toutes premières fois de ma vie... J'étais juste assoiffé tout court!

6

Je me souviens que, lorsque j'en ai eu terminé avec la Légion, à la fin de ma troisième année de service pour la Nation, mon capitaine du PREMIER REP avait la larme à l'œil juste à voir partir son traducteur préféré: « Le seul du Régiment qui n'ait pas froid aux yeux! » Et il avait rajouté que « dans la vie, il n'y a que deux sortes d'hommes: ceux qui savent pas tuer et ceux qui savent... » Et que moi je faisais partie intégrante de la seconde. Ensuite, il avait fait son petit blablabla officiel pour que je me rengage. À ses yeux, j'étais une espèce de monstre et un sans cœur de vouloir quitter cette grande famille qu'était la Légion étrangère, lui qui m'avait traité comme un fils et qui craignait maintenant pour moi... Son enfant de la terreur légalisée! Il voyait mon retour à la vie civile d'un mauvais œil et disait que la Légion souffrirait beaucoup de me laisser partir.

S'il pensait me convaincre de rempiler avec une argumentation pareille, il avait misé sur le mauvais cheval!

Et je lui ai répondu: « Non! Merci, mon Capitaine… »

J'ai quitté la Légion pour de bon, car il était temps pour moi de retourner à la vie civile. Ma famille était impatiente de me revoir et comme Mémé et Peppé tenaient à moi comme à la prunelle de leurs yeux, j'ai ramené ma tronche à la maison au plus vite. J'allais bientôt avoir vingt-et-un ans, et en plus de tout ça... Il y avait Ariane qui m'attendait avec impatience.

Mais j'ai à peine eu le temps d'embrasser le milieu familial et de festoyer avec mes amis, mes oncles et mes cousins, qu'on m'avait déjà envoyé en « vacances forcées »... Un séjour de plusieurs mois chez mon grand-père paternel: un agriculteur établi non loin de *Palermo,* en Sicile.

Depuis mon retour à la vie bourgeoise en sol bônois, je n'arrêtais pas de me battre et de *mâter* les habitants de la ville. Il suffisait qu'on me regarde de travers dans un café de Bône pour que la guerre n'éclate. En plus, j'avais eu de nombreuses altercations et des démêlées avec les appelés du continent, les barbouzes et la police…

Le commissaire principal, qui avait de l'amitié et beaucoup d'estime pour mon paternel, avait suggéré à Peppé de m'envoyer en *vacances judiciaires* avant qu'il ne soit, lui, dans l'obligation de me mettre au frais dans l'une des cellules du commissariat de Bône... Une école de réforme pour les grands!

En Sicile, dans les faubourgs de *Palermo,* j'ai bêché des hectares de vignes, fait la traite des brebis, nourri les animaux, cueilli les fruits et les légumes qui poussaient en abondance sur la ferme, et surtout, les olives qu'on faisait mariner dans de grands tonneaux ou l'huile qu'on en tirait en les pressant. Les semaines de difficile travail manuel se sont succédées et j'ai été à même de décompresser: j'étais revenu à de meilleures dispositions vis-à-vis l'humanité. Et ce n'est qu'à partir de ce moment-là que j'ai été en mesure d'arrêter de vouloir tuer tous les gens que je croisais sur mon chemin...

Oncle Vito, venu rendre visite aux siens, à *Palermo* - il avait émigré aux États-Unis depuis belle lurette et avait profité d'un voyage d'affaire pour venir voir la parenté et y passer ses vacances -, m'avait dit que, le jour où je me déciderais à sortir de l'Algérie, il allait m'aider à m'établir aux U.S.A. Il disait travailler à *Bro-ké-lin* pour une société d'import-export qui se spécialisait dans l'huile d'olive, entre autre chose, dans un quartier de New York où vivait bon nombre d'Italiens d'origine, et m'avait dit que « *Un giovane come te che non aveva i piedi freddi* (Un jeune homme comme toi qui n'a pas froid aux yeux [littéralement: qui n'a pas froid aux pieds!]) » allait se trouver facilement du bon boulot... Et bien gagner sa vie. Il allait me donner toute l'aide nécessaire pour faciliter mon intégration en Amérique et m'avait invité à y penser, sérieusement, voyant bien que nous ne pourrions pas rester en Algérie encore bien longtemps: « *Pensateci!* (Penses-y!) », m'avait-il recommandé.

J'avais remercié l'oncle Vito pour son offre alléchante et rajouté que, pour l'instant, je n'avais nullement l'intention d'abandonner mon Algérie natale, et comme je ne maîtrisais pas parfaitement bien l'anglais, les États-Unis d'Amérique ne serait peut-être pas mon premier choix le jour où...

Mais à l'époque, je parlais et pouvais écrire en français, en italien et en arabe... Et pouvais tout de même me débrouiller en angliche, langue que j'avais apprise au contact de G.I. stationnés à Bône, après la Seconde Guerre mondiale, alors que, haut comme trois pommes et sous la *supervision* de l'oncle Vito - justement! -, j'allais chaparder des denrées alimentaires sous les tentes kaki des Américains.

Comme il n'y avait rien à bouffer à la maison, après la fin de la Seconde Guerre mondiale, presque tous les chefs de famille (d'origine italienne) étant encore en prison, j'allais grappiller à droite et à gauche pour aider ma famille à subvenir à ses besoins de première nécessité. Et un jour, j'avais cinq ou six ans, à l'époque, et mon oncle, lui, en avait à peu près seize, Vito m'avait emmené sur son cadre de vélo pour aller faire un petit « travail de dernière minute! » aux Santons.

Les Santons, c'était un quartier de Bône où l'armée américaine avait installé un campement pour tout un bataillon de soldats. Sur le terrain vague de la ville, il y avait un dépôt de munitions... Et de la nourriture en abondance, bien à l'abri des regards dans de grandes tentes de l'armée amerloque. Un immense boudin barbelé de deux mètres cinquante de hauteur courait, infatigablement, autour du cantonnement américain, avec quelques sentinelles qui montaient la garde à tour de rôle à l'entrée du camp. D'autres G.I. effectuaient des patrouilles autour de l'espace fortifié, en Jeep ou à pied, et assuraient la sécurité de la petite base américaine. Mon oncle Vito savait dans quelle tente les vivres devaient être entassés, car il avait déjà fait de menus travaux pour l'intendance.

« On va là-bas! », qu'il avait ordonné, à moi son plus vaillant et le plus jeune de ses neveux.

Il avait pointé l'endroit d'où se détachait une immense tente du lot: celle-là était deux fois plus grandes que toutes les autres.

Oncle Vito et moi avions tourné comme les vautours à l'entour des barbelés. Puis, quand les sentinelles furent hors de vue... Je suis allé chaparder pour le compte de *la familia.*

Vito avait délicatement relevé le fil à barbe à l'aide d'un long gourdin, et, comme j'étais tout petit, c'est moi qui me suis porté volontaire pour aller chaparder. J'ai pu me faufiler sans me faire écorcher vif par les lames tranchantes et j'ai rampé jusqu'à la grande tente sans que personne ne me voie. Pendant mon incursion en territoire ennemi, oncle Vito faisait *la djaya,* le guetteur, en arabe, et devait m'alerter si jamais quelqu'un s'approchait du chapiteau.

Sous la grande tente de cirque, il y avait une multitude de caisses: des conserves pour ravitailler la population entière du quartier arabe. C'était le paradis sur terre: j'allais nourrir ma famille pour l'éternité!

Mon oncle m'avait dit de chercher les grosses boîtes de métal jaune, des contenants de margarine salée, et j'ai tôt fait de les repérer dans un recoin de la caserne d'Ali Baba: il y en avait toute une montagne! J'ai agrippé une caisse par la poignée... Mais comme elle était très lourde, j'ai dû la traîner par terre et me battre avec le sol qui rendait la manœuvre difficile. Puis, alors que je luttais toujours avec la graisse végétale, un gros G.I. est entré en coup de vent en crachant des jurons amerloques...

Il était furibond! Mais moi, je n'y comprenais rien de rien à son verbiage. Et comme il me coupait toute retraite, j'avais compris que j'étais fait comme un rat. J'attendais de voir ce qui allait m'arriver, avant de me mettre à pleurer. Et je n'ai même pas eu le temps d'avoir peur que le G.I. m'avait envoyé une de ces baffes sur la tronche. L'instant d'après, j'étais promu au rang de petit homme-fusé. Ensuite, c'était le saut de l'ange sous le grand chapiteau... Et, dans les secondes qui suivirent, je suis passé de premier tambour volant au rang de parachutiste... Fait une putain de chute sans parachute!... Goûté à la peur, au sang et au cuir d'une botte américaine en plein dans le cul!

Ce jour-là, j'ai grimpé vers des sommets inatteignables pour moi auparavant, jusqu'à ce qu'un autre soldat ne fasse irruption dans la tente.

C'était un grand costaud à la peau chocolat au lait, celui-là... J'ai cru que c'était ma fin.

« *What the fuck, man!* », avait dit le type à la peau cacao.

Heureusement pour moi, il semblait être un humain à part entière, celui-là, et j'ai été heureux pour l'humanité au grand complet lorsque mon *sauveur* a décoché une puissante droite en plein sur la margoulette du batteur d'enfants.

Le soldat amerloque s'est ramassé par terre, étourdi...

« *Are-you-O-K-boy?* », avait articulé la tronche chocolaté, avec des dents qui paraissaient encore plus blanches que nature.

Moi, je ne comprenais absolument rien de ce que me disait ce type et j'aurais pu essayer de me sauver de l'abri à conserves pendant le moment de confusion qui avait suivi le coup de poing du grand G.I., mais j'ai plutôt gardé une attitude pleine de reconnaissance face à cette variété de policiers militaires, véritable protecteur du citoyen, et j'ai attendu la suite des choses... sans broncher.

Le troupier amerloque, qui connaissait les conditions d'existences précaires des habitants de la ville, avait pris deux gros contenants de margarine de la pile et les avait déposés près de la sortie. Puis, il a rempli un volumineux sac de toile avec les provisions qui se trouvaient entreposées-là, trois ou quatre boîtes de conserve de chaque sorte: du corned-beef, du thon, des sardines, du râgout, des légumes de toutes sortes... Ensuite, il m'a pris par la main et m'a conduit à sa Jeep:

« *Come-on! Don't-be-scared-boy! I-will-take-you-home.* ».

Il a soulevé le petit paquet de merde que j'étais pour le déposer délicatement sur le siège avant du véhicule militaire.

-     *What-is-your-name-boy?   My-na-me-is-Geor-ges... Geoooorr... ges*, avait fait l'américain, en pointant vers sa poitrine... *Geooorrges!*

- Oh! Tu veux savoir mon nom?... Moi c'est Joseph!... Non! Non! Pas comme ça... Écoute bien, Geooorrrges! Jooo... Seph!... Jo-seph...

- ... Jooo-sef!

- C'est bien! Tu vois que c'est facile, Geooorrrges.

- *Show-me-where-yo-live?* Jooo-sef... Maisoooon? Avait-il risqué.

- Ah! Tu veux savoir où j'habite... C'est ça?

On a roulé un moment dans sa Jeep, alors que je lui montrais par où passer pour aller chez moi, lui indiquant là où il devait tourner dans les Santons. Nous avons descendu le chemin de la Chaud'Eau, puis j'ai tiré la manche du militaire en pointant à droite, sur Victor Hugo, et encore à droite, sur Sainte-Monique. Le grand Georges a ensuite enfilé le boulevard Narbonne, tourné à droite sur Alger, par la suite, il s'est arrêté à la hauteur des Maulinais. Pendant tout le trajet, oncle Vito suivait sur sa bicyclette et se faisait le plus petit possible, au cas où...

Arrivé devant chez moi, le militaire *samaricain* a stoppé sa Jeep. Il m'a fait descendre, et, tout de suite après, il a transporté les victuailles devant la porte: deux grosses brassées, en tout.

- *Now-you-be-a-good-boy! Joo-sef?... Promess?* Avait-il dit, en prenant un air sévère.

Je ne comprenais pas ce qu'il racontait, mais j'aimais bien la musique que faisait sa voix, et, finalement, j'ai fait signe que « oui » de la tête... J'avais une chance sur deux pour que ce soit la bonne réponse!

J'ai serré la main du soldat, puis je l'ai regardé partir. Et c'est à ce moment-là que mon oncle Vito est arrivé sur sa bicyclette... Une petite larme de joie avait creusé un sillon sur ma joue crasseuse. Maman, qui était très malade à cette époque, allait être obligée de me laver la frimousse avec une débarbouillette et sa grosse barre de savon lime... Et c'est au contact de ce Geooorrges, de ce G.I. américain enrobé de chocolat au lait, un bon type que j'ai revu plusieurs fois pendant son interminable cantonnement à Bône, que j'ai appris l'angliche sur le tas...

* * *

Après un séjour forcé de plusieurs mois dans la campagne sicilienne, j'ai finalement pris le bateau pour l'Algérie. La récolte d'olive étant terminée, de même que le gros du travail dans les vergers, mon grand-père avait jugé que je m'étais plus ou moins calmé et que je n'étais plus une menace ambulante pour quiconque.

Dès mon retour en Algérie, comme j'étais un ancien para et que les choses allaient en s'empirant dans Bône, on m'a tout de suite affecté aux Unités Territoriales de la ville: une formation de réservistes de l'Armée française originaires des départements d'Algérie. Mon travail chez les UT consistait à faire des patrouilles et à assurer la sécurité des citoyens de la ville pendant la nuit. Ça débutait à la tombée, trois ou quatre fois par semaine, et comme j'avais l'habitude de ce genre de boulot, presque routinier et d'une seconde nature pour moi, je ne m'en n'étais pas trouvé du tout fâché.

Un ami légionnaire de l'OAS (Organisation Armé Secrète: une organisation politico-militaire clandestine française créée pour la défense de la présence française en Algérie par tous les moyens), m'avait dégoté un travail payant chez Salem, pour me remercier de mon implication pour la *cause*. Mais plastiquer les commerces arabes et descendre des terroristes fellaghas, je l'aurais fait gratos!

Salem était un acconier pour qui je transbordais du fret maritime sur le port, car la ville grouillait d'activité malgré les troubles... Comme si tout était normal. J'étais sur appel aux UT pour la protection des Pieds-Noirs de la ville, tout en *travaillant* pour l'OAS (sous le couvert même des UT). J'étais un docteur qui pouvait être mandé d'urgence pour sauver un membre de la famille pied-noir; j'étais devenu une espèce de médecin sans frontières qui travaillait sur le quart de nuit: Bône était maintenant une vaste salle d'opération. J'étais ce chirurgien qui avait troqué le scalpel pour la baïonnette, le microscope pour la lunette d'une carabine haute-précision... Et avec mes amis de l'OAS, et tous ceux qui voulaient garder leur pays, on allait nettoyer la ville et sauver notre Algérie, à nous... L'Algérie des Pieds-Noirs!

J'ai travaillé pour Salem, et un peu à mon propre compte, pendant un peu plus de six mois. Puis, j'ai quitté assez rapidement l'acolyte, qui s'était plaint de mes trop grands acomptes perçus sur des acconages suspects que j'avais effectués à mon profit. Par la suite, j'ai été engagé sur un chantier de construction qui appartenait à un entrepreneur d'origine italienne appelé Butta Cavoli; mon père oeuvrait pour lui depuis plusieurs années et m'avait aidé à entrer dans la société: Peppé était le contremaître de l'un des nombreux chantiers appartenant au grand patron.

Butta Cavoli, c'était un poids-lourd de la construction qui se spécialisait dans l'érection de ponts, de routes et de HLM. C'était une grosse pointure qui employait des milliers d'ouvriers, les Arabes n'étant habituellement que des manœuvres de bas étage, des lèche-culs sous-payés ou des esclaves des temps modernes. L'employeur les pressait comme des citrons pour en extraire le jus… Puis, lorsqu'ils étaient vidés, il les jetait.

Les Européens occupaient les places d'ouvriers spécialisés et de donneurs d'ordres. Peppé et moi gagnions un fort bon salaire, alors que les travailleurs asservis, non qualifiés, ne ramassaient que des miettes. Ça permettait au patron capitaliste-chrétien de faire des affaires d'or avec la sueur des assujettis… Avec l'appui des autorités locales républicaines et la bénédiction du clergé qui permettaient d'exploiter en paix la population arabe au maximum!

Mais tous ces projets de société avaient été bâtis sur des assises politiques instables… Et sur le dos des frères musulmans avec qui j'avais grandi. Ils se révoltaient de plus en plus: la guerre civile faisait rage dans toute la ville et nul ne se sentait en sécurité... Mes amis arabes, non plus!

7

Un soir, après une dure journée de labeur sur les chantiers de l'Élysa, je suis redescendu par l'avenue Garibaldi pour aller rejoindre des amis dans le cours Bertagna. Ce grand boulevard, c'était les Champs Élysées, mais en plus beau encore... En plus intime! On l'avait nommé ainsi en l'honneur d'un ancien maire qui avait marqué la ville de son empreinte: Jérôme Bertagna.

Le Cours c'était une large esplanade divisée en trois parties par des rangées d'arbres majestueux: à droite, c'était l'allée des jeunes; l'allée centrale était la plus large et descendait vers un kiosque à musique et un immense jardin; à gauche, c'était l'allée tranquille des plus âgés... Ils suivaient le mouvement entre vieux amis en boitillant. Les allées piétonnières étaient protégées par des palmiers centenaires qui montaient la garde; la Cathédrale de Bône barrait vaillamment le passage aux infidèles à une extrémité de la Place, le port faisait le même office à l'autre bout. De grandes arcades abritaient les magasins chics de la ville, des cafés, des bistrots et des restaurants. On y trouvait le théâtre municipal, haut lieu de la culture bônoise, l'hôtel-restaurant Transatlantique, rendez-vous de la haute société dont je ne faisais pas parti, des banques et encore d'autres boutiques pour riches…

Le jour, le soleil tapait dur et balayait la Place d'une luminosité étincelante; la nuit, c'était la lumière adoucie des lampadaires qui redonnait aux jeunes bônois une ardeur renouvelée. Mon regard franchissait alors la ligne défensive des chaperons et je pouvais effleurer la fille dont j'étais amoureux… Et c'est là que mon oeil a caressé ma douce Ariane, la première fois.

Pour lui montrer mon affection, je lui avais offert une glace et une oublie. L'oublie, c'était une sorte de crêpe en dentelle; elle était fragile comme l'amour naissant, et si on la serrait trop fort, elle se désagrégeait dans la main en disparaissant entre les doigts comme l'indifférence. C'était surtout des vendeurs itinérants qui les offraient aux passants et qui criaient: « Oublies à la vanille... Qui veut des oublies! »

Alors que le soleil baissait toujours et que je descendais en humant l'air chargé du parfum des fleurs, je cherchais du regard mes copains. Mais j'avais surtout hâte de rejoindre Ariane... J'avais le coeur à la fête juste à la retrouver! De chaque côté de la promenade, il y avait des hôtels intimes, des restaurants réputés pour leurs fruits de mer, et des cafés sympathiques avec des tables et des chaises qui couraient sur le bord des allées. Le soleil allait s'abîmer en mer quand j'ai finalement repéré mes amis: Salvatore, mon meilleur ami, qui était menuisier pour un autre entrepreneur; Tic-Tac, qui travaillait comme dessinateur industriel; Lucky, qui était chez les CRS; et Ariane, qui travaillait comme sténo-dactylo pour une grosse pointure du CFAR (Crédit Foncier d'Algérie et Tunisie).

Ariane s'est tout de suite pendue à mon cou... Elle me bécotait inlassablement et mordillait mon oreille avide de morsures amoureuses, alors que nous déambulions ensemble sur le large trottoir qui bordait les commerces. Il y avait encore foule à cette heure et nous traînions sans trop nous hâter, profitant des derniers rayons orangers qui s'escrimaient toujours avec les flots. Quelques jeunes femmes nous suivaient à distance respectueuse et semblaient prier je sais quel dieu païen de l'amour, alors que mes copains célibataires se retournaient de temps à autre pour leur envoyer un petit clin d'œil, ou c'était pour leur faire les yeux doux. Les filles se mettaient ensuite à pouffer de rire en battant des cils; ensuite elles se cachaient la bouche d'une main tremblotante en roucoulant je ne sais trop quoi dans l'oreille d'une amie. Et c'est à ce moment-là que j'ai vu un petit cireur de souliers prendre la poudre d'escampette de l'autre côté du mail piétonnier...

Ça m'avait intrigué de le voir aller ainsi, mais j'ai pensé, sur le coup, qu'il n'avait peut-être pas remis la monnaie à son client et qu'il se sauvait avec toute l'oseille. Le jeune arabe paraissait n'avoir qu'une douzaine d'années, au plus, avec le traditionnel coffret à brosses et cires dans la main. Lors de sa fuite éperdue, le jeune djounoud avait renversé une table et des passants. L'instant d'après, j'avais cru apercevoir une boulette foncée de la grosseur d'une pomme débouler vers nous: la pomme d'api roulait gauchement sous les tables du café voisin, et, malgré la rumeur qui montait des centaines de promeneurs qui flânaient dans le Cours, je pouvais tout de même percevoir le bruit métallique distinct que faisait l'objet en virevoltant sur les pavés... Tac! Toc!... Tac! Toc!... La pommette trébuchait vers nous avec la lenteur incertaine d'une boule de pétanque qui débarque sur le cochonnet.

Après une brève hésitation, j'ai compris le danger. Et je me suis jeté sur Ariane en criant de toutes mes forces:

« Grenaaaaaade! »

J'avais hurlé ces quelques syllabes de mort, couché sur Ariane pour lui faire écran de mon corps, alors que l'explosif enrubanné de métal pirouettait toujours sur les pierres lisses de l'allée comme dans un film au ralenti. La petite bombe faisait toujours des tonneaux sur elle-même lorsqu'elle s'est arrêtée sur le muret d'accotement du trottoir, tout proche. Mon ami d'enfance, Salvatore, encore occupé à détailler les filles, je suppose, ou sous le coup de la surprise, peut-être, n'avait pas réagi assez vite. Et il n'a eu que le temps d'échapper un mot: « Hein? » Ça serait son dernier...

Et comme il prononçait cette seule et ultime interjection, une forte détonation ébranlait l'artère pied-noir. L'instant d'après ça chialait partout autour de nous: il y avait des blessés de tout bord tous côtés!

Ariane a été épargnée. Moi aussi. Mais mon ami Salvatore avait été touché. Il avait pris au front un tout petit éclat de rien du tout... À peine gros comme l'ongle de mon auriculaire. Mais la petite bouchée de métal avait tout déchiré dans son crane en se frayant un passage pour sortir par derrière... Une minuscule gouttelette écarlate teignait sa crinière châtaine lorsque je suis allé le secourir... Le regard de Salvatore n'avait eu que le temps d'échapper une languissante exclamation de surprise… Car déjà un dernier souffle semblait l'abandonner pour toujours.

Sa poitrine était crispée par la douleur d'une mort injuste, alors que je le soutenais avec une main sous la nuque pour supporter son cou ramolli, comme lorsqu'on tient un nouveau-né dans ses bras pour maintenir sa tête bien droite. Je le serrais contre moi pour repousser l'inévitable... Je sentais son coeur... Il palpitait encore dans sa poitrine... Salvatore n'était peut-être pas encore mort?

Je l'ai secoué, doucement, en chuchotant: « Reste éveillé, Salvatore. Ferme pas les yeux!... Faut surtout pas fermer les yeux!... On va t'emmener tout de suite à l'hôpital… Reste avec moi, je t'en supplie! »

Mais ma main s'est toute de suite mise à rougir...

Ensuite, c'était les pavés... Ils avaient pris une couleur écarlate. Et c'est alors que j'ai pleinement réalisé la gravité de sa blessure: j'avais la larme à l'oeil.

Je l'ai bercé dans mes bras pour l'obliger à rester éveillé:

« Pars pas, Salvatore. Pars pas!... Accroche-toi! » Que j'avais supplié. Mais le sang s'échappait maintenant de son nez. Après, ce serait d'une oreille... Avec la bouche encore ouverte, tordue par une dernière syllabe quasi imprononçable qui semblait provenir de l'au-delà: « Ooooooooh! »

C'était la mort qui était venue nous le voler...

Une morsure ironique avait déjà pris possession de ses lèvres entr'ouvertes lorsque je l'ai laissé aller sur le dallage sanguinolent: Salvatore venait de mourir dans mes bras. Et, le regard figé vers l'au-delà, sa seule réponse face à cette mort injuste lorsqu'on n'a qu'à peine vingt-deux ans avait été de l'embrasser à pleine bouche et d'esquisser un sourire sarcastique.

Et la mort, je la connaissais bien. Je l'avais vue en action plusieurs fois, la salope! Mais cette fois-ci, c'était bien différent... Elle venait de faucher mon meilleur ami... Un ami d'enfance... Un frère... Un jeune Pied-Noir de Bône, comme moi!

Il y a eu des cris et des hurlements sous l'arcade; une clameur de haine a ensuite pris possession de la Place, mais comme j'étais occupé avec Salvatore... Je ne l'avais même pas réalisé. Et, quand j'ai levé la tête pour regarder autour de moi, une bonne douzaine de Pieds-Noirs se tordait sur le large trottoir sanguinolent. Dans un rayon d'une dizaine de mètres, l'engin meurtrier avait transpercé des corps et bouleversé des vies à jamais... La bordure du trottoir en avait épargné quelques-uns... Mais Salvatore, non!

Puis, d'un commun accord, sans qu'un seul cri de ralliement ne soit prononcé, la majorité les Pieds-Noirs du cours s'est mise à pourchasser les Arabes qui erraient aux alentours: et une chasse aux ratons s'en est suivie. En un instant de pure folie humaine, le QI collectif des Bônois a régressé à zéro... Et une chasse aux Ratagaz - une ratonnade! - s'est engagée dans la ville, même si le mot *Ratagaz* n'était pas encore valide au Scrabble.

J'ai abandonné Ariane, les morts et les blessés: « Reste-là », que je lui avais ordonné. Puis, je me suis mis en quête de chair fraîche arabe avec mes amis Tic-Tac et Lucky…

Les hommes frappaient à coups de panards, de chaises, de pattes de table et à coups de couteaux. Adam, un colosse de près de deux mètres qui avait été épargné par la détonation, avait eu la frousse de sa vie! Il avait empoigné un frêle arabe d'un mètre cinquante, l'avait levé de terre d'un seul bloc, et lui avait éclaté sa tête de djounoud contre un noeud de chêne liège après une giration. Un pauvre type à bicyclette qui traînait par-là et qui revenait de son travail sous-payé n'était pas allé bien loin. Les femmes, par dizaine, l'avaient couché par terre et s'étaient mises à l'écraser avec les aiguilles effilées de leur soulier. Elles ont mis l'innocent terroriste en charpie en moins de deux minutes...

Après une brève accalmie provoquée par la fatigue, l'écoeurement ou le manque de martyres mueslis, on s'est enfin organisé avec d'autres copains… Et, malgré la tombée de la nuit et le couvre-feu, on est descendus en masse dans le quartier arabe. Au départ, nous n'étions qu'une dizaine; quelques minutes plus tard, par effet d'entraînement ou par pur patriotisme xénophobe, nous étions quelques centaines qui saccagions tout sur notre passage. Là-bas, tous les Arabes que nous avons rencontrés ont été battus et immolés sur l'autel de la vengeance collective. C'était comme dans une grande messe, sauf que le curé... C'était moi! Et que ça n'était pas des crucifix qu'on leur faisait embrasser!

Beaucoup, comme moi, favorisaient la petite touche personnelle que procurait l'arme blanche: je gardais mon pistolet et le peu de balles que contenait mon unique chargeur pour les urgences. Presque tous les hommes possédaient un couteau, en Algérie... Surtout les Arabes! Et ça me donnait un plaisir fou de sentir ma victime agoniser dans mes mains, ce soir-là, et de l'entendre tressaillir lorsque je faisais tourner la lame à l'intérieur de la cage thoracique de mon Melon...

J'avais appris la bonne technique à la Légion dans les cours de corps à corps. Il ne fallait jamais rentrer et simplement retirer sa baïonnette: on devait plutôt planter et tourner, pour éviter de seulement blesser son adversaire. De cette façon, le supplicié était dans l'obligation de mourir, car on lui arrachait un morceau de foie ou c'était le coeur et un bout de poumon qui partaient en couille. À chaque djounoud que je piquais, je vengeais Salvatore, et pendant que je plantais et tournais, inlassablement, ma chemise se gorgeait du sang de mes victimes. Et je vengeais une fois de plus mon copain Salvatore... Avec un cri vers le ciel pour qu'il m'entende: « Celui-là c'est pour toi, Salvatore! »

Les ratonnades c'était pour plusieurs Pieds-Noirs le moment de régler des comptes personnels avec les Arabes. Moi, je ne faisais pas tant de chichi et mon poignard faisait confiance aux aléas du hasard. J'utilisais un Schlash à lame rétractable: un couteau à cran d'arrêt.

Parfois, on poursuivait les victimes jusque dans leurs maisons, certains poussant l'odieux jusqu'à défoncer les portes verrouillées de l'intérieur... Les policiers étant complètement impuissants devant la plus vieille forme de justice sociale de la planète et préféraient se terrer derrière les barreaux des cellules du commissariat et attendre, en toute sécurité, la fin des hostilités...

Je ne me rappelle plus combien j'en ai découpé, ce soir-là, et lorsque je suis retourné chez moi, la chemise imbibée du sang de mes victimes, j'avais le sentiment d'avoir accompli mon devoir: j'avais vengé la mort de mon meilleur ami, Salvatore... Qui était parti pour l'au-delà dans mes bras!

Puis, à deux rues de la maison, je me suis arrêté près d'une fontaine publique pour me laver et me désaltérer un peu. Tuer des Arabes au couteau, ça donne soif!... Et j'ai fait glisser l'eau pure dans mes mains souillées, humecté mon visage de la substance purificatrice, et je me suis donné l'absolution.

Lorsque je suis arrivé chez nous, Mémé et Peppé ont presque fait une syncope tellement le spectacle de ma chemise en sang les avait affectés. Je n'avais reçu que de légers coups de canif qui avaient glissé sur les côtes flottantes... Des frères arabes qui ne s'étaient pas laissés convaincre facilement.

Plus tôt dans la soirée, un ami bienveillant est venu dire à mon père que je m'étais fait tué près d'un petit café, sur le cours Bertagna... Que j'avais eu la tête ravagée par un éclat de shrapnel... Un petit cireur de souliers qui avait lancé une grenade dans l'allée. Et comme nous n'avions pas encore le téléphone dans le quartier, les communications se faisaient de cette manière, et c'était souvent par des amis ou des voisins qui rapportaient, de seconde main, ce qu'on leur avait dit... Le tout était aussi crédible que le téléphone arabe!

Ma fiancée, elle aussi, avait reçu de semblables nouvelles; sa maman l'avait longuement consolée. À elle on lui avait dit que j'avais été emporté par un coup de couteau dans le quartier arabe... C'était sûrement à cause de ma chemise imbibée de sang. Ariane avait beaucoup pleuré et se voyait déjà veuve avant d'avoir été mariée... Elle avait passé la nuit et une bonne partie de la journée du lendemain en croyant que j'étais mort! Et, quand on s'est revus, le soir suivant, elle était presque tombée dans les pommes quand elle m'a ouvert la porte.

Ensuite, elle m'avait engueulé comme du poisson pourri... Mais moi je n'y étais pour rien, car je ne savais pas qu'on lui avait annoncé ma mort!

Mon frère, mes amis, mes oncles, mes cousins et tout ce que j'avais de famille à Bône avaient été mis à contribution... Tous avaient été à ma recherche, ce soir-là, dans le but de retrouver mon corps... Le corps du décédé! Et moi j'étais revenu en sifflotant... Comme si de rien n'était.

Faut dire qu'on avait déjà annoncé à mon père, lors de mon service à la Légion, et à au moins trois reprises, que j'étais tombé pour la Patrie. Même qu'une fois l'Armée avait dépêché une estafette à la maison et un caporal avait déballé la formule usuelle de condoléances militaires, télégramme et médaille en main... Croix de Guerre, croix de fer, si je mens je vais en enfer!

Peppé avait vécu le deuil pendant trois longues semaines avant que je ne me ramène à la maison, alors qu'on m'avait officiellement déclaré: « Tombé pour la France! ». J'avais survécu à une embuscade et avais été le seul survivant de ma patrouille, mais comme on ne m'avait retrouvé que trois jours après le massacre, la Légion m'avait fait déclarer mort pour la Patrie... Par erreur! Alors Peppé, grâce à ses expériences antérieures, avait attendu de voir le corps avant de commencer à faire les préparatifs pour mon enterrement.

Toute la famille pleurait lorsque je suis arrivé; l'enfant prodigue revenait d'un mortel combat avec le diable arabe... Sain et sauf! Mais pour tous les tourments que j'avais causés à mes parents, on avait fini par me traiter de sans coeur... Ce que j'étais devenu, réellement, à force de tuer des gens! Cependant, malgré tout ce que j'avais pu faire subir aux autres, j'avais la conscience tranquille, et je tuais parce que je devais le faire. Je n'en n'avais pas honte. Et ma devise à moi me venait de la Légion étrangère et de mon expérience en guérilla urbaine dans les rues de Bône ainsi que du peu de religion que les curés avaient réussis à m'inculquer par la force, au cours primaire... Et mon cri de ralliement, à moi, c'était:

« Lève-toi et marche... ou crève! ».

8

Dans les semaines qui suivirent, la vie allait graduellement reprendre son cours, et comme je n'étais pas de service chez les UT à toutes les nuits, je devais souvent retourner travailler au chantier pour justifier mon salaire aux yeux de l'entrepreneur...

Peppé avait pris sa place habituelle à l'arrière de ma moto quand j'ai mis les gaz à fond et roulé vers les chantiers de l'Élysa, propulsé par de minuscules cumulus d'huile et d'essence.

L'Élysa, c'était un vaste complexe de trois mille logements que le Gouvernement français faisait construire pour les sans-abris arabes... Des HLM destinés à des gens qui préféraient vivre avec leur troupeau de moutons, en liberté, dans des grottes ou des tentes de peaux, plutôt que de devoir quoi que ce soit aux Français. Le chef de tout le bataclan s'appelait Rassmussen...

Rass était un bon type, légèrement insouciant, qui avait une soixantaine d'années. Il ne se mêlait de rien et faisait de son mieux pour être juste envers tous les travailleurs, la seule chose l'intéressant vraiment étant le travail bien fait: « Le béton est-il bon?... Le fer est-il à la bonne place? » Me demandait-il, avant de faire couler le ciment d'un autre pilier de soutènement.

Il était méticuleux, uniquement passionné par son travail, et notait ses appréciations sur tout et rien au crayon à la mine de plomb dans un petit livre de poche qu'il gardait précieusement dans la fente latérale droite de sa culotte.

« Non! T'as pas fait ça!... T'as pas fait ça! » Me reprochait-il, lorsqu'il me croisait sur le chantier. Ma tronche prenait immédiatement un air fautif... Même si je ne savais pas encore pourquoi!

« Qu'est-ce que j'ai encore fait, Rass? » Et Rassmussen reprenait son carnet et notait que je n'avais pas fait mettre assez de fer dans un pylône, qu'on n'avait pas étayé suffisamment un plancher, ou une autre bricole du même genre.

« Remettez encore du métal... Remettez-en, messieurs! Encore du métal!... Encore et toujours plus de métal! »

Et les hommes remettaient du métal, sous la protection de quelques membres des UT qui, comme moi, venaient travailler avec leur pistolet ou leur fusil mitrailleur. Peppé appelait d'ailleurs ce type de ciment: « du béton armé! »

En me rapprochant du chantier, après avoir garé ma moto dans le coin réservé aux travailleurs européens motorisés, j'ai été étonné de voir un attroupement d'ouvriers: quelques centaines de Melons s'étaient massées en bas des tours... Il n'y avait pas un seul européen dans le lot! On était peut-être en retard?... Mais en retard pour quoi, au juste? Et puis, y foutaient quoi, ces cons?... Pourquoi qu'y bossaient pas?

Ces travailleurs, je les connaissais presque tous par leur nom, ou à tout le moins de vue, car c'était moi qui devais faire le pointage et aider à préparer la paye. Je n'étais pas seulement doué pour tuer des Fells, j'étais aussi très bon en chiffres arabes.

Au milieu du cercle presque parfait que formaient les Mueslis, il y avait un corps... Le rond s'était partiellement ouvert pour nous laisser passer, papa et moi, quand nous nous sommes rapprochés pour savoir de quoi il en retournait. La face du type reposait sur le côté, joue contre terre, avec dans la bouche entr'ouverte la cigarette du condamné, le papier de la sèche encore bien collé contre la lèvre inférieure: la carcasse inerte semblait toujours fumer même si le coeur n'y était déjà plus.

Sur la chemise de travail sans manches, dans le dos, il y avait sept grandes tâches rougeâtres incrustées dans le tissu, avec à l'intérieur sept trous, résultat des sept coups de couteau qu'on lui avait assénés... C'était bien Rassmussen qui gisait-là.

Nous sommes allés vers lui. Peppé avait la larme à l'oeil; voir son ami étendu raide l'avait troublé. Alors, c'est moi qui me suis penché sur le corps et qui ai cherché la carotide... Son cou était encore chaud, à Rass. Mais j'avais beau essayer... y avait rien qui pulsait, là-dedans!

Ils l'avaient bel et bien tué, ces fumiers de Melons!

Malgré ma colère grandissante face à l'assassinat gratuit d'un homme qui était pourtant resté neutre dans ce conflit, j'avais encore l'impression d'entendre le vieux Rass me répéter: « Faut mettre du métal! Encore plus de métal! »

Sauf que c'était Rass qui avait tout pris dans l'dos!

J'ai retiré le bout de cigarette coincée dans ses babines, refermé ses yeux grand ouverts, et, machinalement, j'ai porté le mégot à ma bouche. Puis, sans même y penser, comme un automate en manque de nicotine, j'ai tiré une ou deux touches, l'air pensif.

Les Arabes m'ont regardé faire avec étonnement et ont eu un mouvement de recul général lorsque je suis sorti du cercle de travailleurs, en faisant des ronds de fumée. Papa aussi... Comme si j'avais commis un sacrilège en *volant* le mégot de l'éclopé de la vie ou profané une pierre tombale au beau milieu d'un cimetière. Hé! Putain!... Mais y'était mort, Rassmussen!

J'ai tiré une dernière bouffée, en les dévisageant, tous... Et j'ai écrasé le bout de clope. Au grand soulagement de Peppé qui n'avait recommencé à respirer que lorsque j'ai disposé du bout de cigarette. Rass tenait toujours son livret noir dans la main; les pages semblaient se battre avec la brise qui soufflait de la côte...

L'un des Arabes de l'anneau de chair que formaient les Mueslis s'appelait Hussein. On avait été à l'école ensemble, au cours secondaire, et il m'avait dit: « Va-t-en vite!... Va-t-en! »

- Non! Je ne m'en irai pas! Avais-je sèchement répliqué.

Et je me suis penché sur la carcasse inanimée du bon Rasmussen pour lui prendre son carnet… Que j'ai tout de suite tendu à mon Peppé, en larmes.

- Allez-vous-en vite, qué jé vous dis! On peut plus lé arrêter... Y sont fous! Y sont dé l'autre côté du bâtiment... Y cherchent des Européens pour lé tuer, tous! Allez! Vite! On pé pas vous garder ici plus longtemps, sinon, ils vont nous tuer à nous aussi...

Quelques djounouds armés de carabines semi-automatiques et de vieux un coup étaient sortis d'une bâtisse en construction, à l'autre bout du chantier... Ils s'amenenaient vers nous.

« Mé ti piges rien à rien, toi?!? » M'avait dit Hussein, en gueulant. C'est alors que j'ai vraiment compris le danger et que j'ai couru jusqu'à ma moto. Je l'ai faite démarrer au premier coup de talon et je suis allé ramasser mon paternel. Peppé était encore figé devant la dépouille de son vieil ami de toujours, avec le précieux calepin dans la main... Un Rassmussen qui s'était tué au boulot toute sa chienne de vie. Pour rien!

J'ai attrapé Peppé par le bras et le lui ai presque arraché, au passage, le tirant brusquement vers moi pour qu'il monte par-derrière...

Papa s'est accroché, mais il voulait mettre le calepin dans sa poche avant de... « Laisse tomber papa! » Que j'avais ordonné.

Et nous nous sommes enfuis sous une pluie de projectiles.

J'ai sauté un trottoir avec ma Push, enjambé un fossé d'au moins deux mètres de largeur, alors que ma bécane avait sembler voler par-dessus, à pleine vitesse... Je valsais dans la rue en zigzagant au son de la musique bien cadencée des tireurs fellouzes… Bing! Bang! Boum! Les balles ricochaient sur la route partout autour de nous, comme des galets de rivière quand on veut les faire sauter sur l'eau, en faisant des Ziiiing! Zooooung! Mais sans toutefois nous toucher.

Y savaient pas tirer, les cons! Sinon... On était morts!

J'ai roulé comme un fou et je ne me suis arrêté qu'aux abords de notre quartier, noyé dans la masse pied-noir qui se pressait déjà autour de nous pour savoir ce qui s'était passé à l'Élysa...

Pépé et moi nous sommes mutuellement tapotés le corps, cherchant à nous assurer que nous avions bel et bien échappé aux balles fellouzes: deux Saint-Thomas qui examinaient les plaies de deux Jésus de Nazareth, à Bône... Mais ma tante Titine aurait vite allégué qu'il y en avait un de trop!

Heureusement pour Peppé, je n'ai pas réussi à mettre le doigt dans quelque nouvel orifice que ce soit... Mais notre docteur de famille, pour s'assurer que tout soit correct, nous aurait sûrement mis un doigt dans le troufignon, en ordonnant:

« Dites trente-trois! »

Ce matin-là, personne n'aurait pu me battre dans une course de moto-cross, et Péppé m'a donné une tape amicale dans le dos, en ajoutant: « Bon boulot, mon fils! »

Cette reconnaissance paternelle valait à elle seule toutes les *merdailles* que je m'étais mérité à la Légion.

Quelques minutes plus tard, on a vu une immense colonne de fumée émaner du chantier de construction... Les Fellouzes avaient foutu le feu aux coffrages en bois, aux échafaudages et à tout de qui pouvait brûler sur le site: ils allaient mettre à pied des milliers de travailleurs arabes.

$$***$$

Plus tard, en soirée, je suis allé voir mon lieutenant des Unités Territoriales. Je me rapportais à lui au moins une fois par semaine: il supervisait le boulot des UT de Bône jusqu'à Constantine et bossait, lui aussi, pour le compte de l'OAS. C'était un petit gabarit, les cheveux coupés en brosse avec des oreilles en porte de grange qui semblaient vouloir se décoller tout seul. Je lui avais dit un jour, à la blague, qu'avec des esgourdes pareilles, il était mieux de faire attention aux Fellaghas chasseurs de trophées, les Fells ayant l'habitude de se faire des colliers avec les oreillettes de leurs victimes européennes. C'était un Pied-Noir, comme moi, et en plus de me rapporter à lui pour machiner les exactions contre les terroristes fellaghas, j'étais venu lui demander un petit conseil... personnel!

Il y avait un jeune arabe dans la ville qui commençait sérieusement à me les gonfler. Mohamed Salahim, qu'il s'appelait. C'était un jeune activiste du FLN (Front de Libération Nationale, la branche politique de l'ALN qui luttait contre le pouvoir colonial français) qui avait essayé, et plus d'une fois, de me plomber dans la ville... Le Fell prétendait que j'avais tué son frère dans une cour de récréation - on avait fréquenté le même collège -, un duel mano a mano lors duquel j'avais envoyé son frangin pour un séjour forcé à l'hosto. Mais je ne l'avais pas tué! Alors... Qu'est-ce qu'il racontait, ce con?

Mais une année plus tard, le *frère* était décédé d'une crise cardiaque, et par la suite sa famille avait toujours soutenu qu'il était mort à cause de complications suite à notre combat... Un coup de poing qu'il aurait recu au coeur: j'étais donc le coupable de sa mort. Quoi qu'il en soit, la famille du Melon profitait de la tourmente pour essayer de me faire la peau, pour essayer de venger l'honneur de leur fils?!? Et moi j'étais incapable de retrouver ce cher Mohamed pour lui régler son compte, une bonne fois pour toutes... Il était introuvable.

Il était fort probable que c'était ce Fellouze qui avait tué des gens autour de moi, en me ratant. J'avais maintenant peur pour ma famille, et surtout pour Ariane... Et le meurtre de Rassussen, comme l'assassinat de Salvatore, étaient peut-être liés à sa promesse de me supprimer.

« Tu sais ce qu'il te faut faire », m'avait dit mon ami lieutenant, « va falloir aller au… Hum!… Tu sais où il est... le centre présumé du FLN, à Bône? »

- Ouais! Je sais c'est où, avais-je répondu, tranquillement.

- Eh bien!... Va falloir que tu ailles là-bas et que tu montes les voir pour parlementer avec eux.

- Ho! Mais t'es fou ou quoi?... Ils vont me faire la peau, ces cons... Illico!

- Mais non! Mais non! Je ne suis pas fou, avait doucement répété l'officier. Va là-bas, que j'te dis! Et si jamais quelque chose t'arrivait… Mais ils savent très bien qu'on va tout raser les Melons du coin si jamais ils osaient te faire quoi que ce soit. Alors, y feront rien contre toi là-bas... Garanti!

- Bon! Puisque je n'ai pas tellement le choix... J'irai.

Mais si j'y allais... C'était à reculons!

Le QG du FLN, à Bône, se trouvait dans un immense magasin arabe en haut de la Place d'armes, juste à côté du pont de la Tranchée. Je connaissais bien le coin, car c'est là-bas que j'étais né! On y vendait des tapis de riches, des meubles sculptés et d'autres concoctions artisanales typiquement musulmanes. Tout le monde se doutait bien que ce commerce était un lieu de rencontre du troisième type du FLN, mais personne n'avait jamais osé faire quoi que ce soit depuis que les djounouds avaient *gagné* leur indépendance. L'Armée française n'avait que des doutes quant à ce qui s'y déroulait, véritablement, mais comme le colonel de la garnison avait reçu l'ordre express de rester *neutre* dans le conflit qui opposait le FLN aux Pieds-Noirs… J'allais en quelque sorte m'en assurer sur place et le confirmer pour tous.

Je connaissais fort bien le propriétaire des lieux, car il m'avait enseigné les mathématiques à l'École Polytechnique de Bône. C'était un intellectuel musli éduqué en France: un universitaire qui s'appelait Abdel Tahar. Je n'avais retenu de son enseignement académique supérieur que les règles de trigonométrie et les coups de verges qu'il m'assénait sur les phalanges… Le prix à payer pour amuser la classe avec mes réponses fallacieuses durant ses cours. Le mathématicien m'avait un jour brisé un mètre sur les doigts, et, en bon macho que j'étais… J'avais éclaté de rire! Mais le lendemain, c'était le prof qui rigolait lorsqu'il a constaté que je pouvais plus écrire de la main droite.

Je me suis présenté à mon ancien professeur, encore tout perdu dans mes souvenirs de classe, et une grosse voix rauque m'a interpelé en se penchant sur ma jeune tronche:

« Qu'est-ce que tu fous ici, toi? »

- Vous le savez bien ce que je fais ici, Monsieur Tahar.

J'avais répondu le plus poliment du monde et pris le ton humble de l'apprenti devant son maître.

- Viens ici!... Et suis-moi! Avait-il ordonné.

Le bollé des math m'avait alors entraîné dans un dédale de tapis pendus sur de hauts fils de fer; ils tenaient lieu de divisions dans la vaste surface commerciale à aire ouverte: des pièces générées par de gros tapis de laine. J'avais toujours mon automatique coincé dans la ceinture, et, mourir pour mourir, j'allais en amener le plus possible de l'autre côté avec moi. J'étais craintif et désorienté après toutes les bifurcations qu'on avait prises: à droite, et à droite encore, et puis à gauche, et une autre fois à droite... Moi qui avais pourtant le sens de l'orientation et qui pouvais retrouver mon chemin dans n'importe quel djebel d'Algérie, j'étais complètement perdu!

Et puis merde! J'avais deux chargeurs supplémentaires dans les poches... Ça faisait 24 coups, au total! En cas de pépin, j'avais juste à tirer sur tout ce qui bougeais et faire de beaux trous de neuf millimètres de diam dans leurs putains de tapis arabes tout neufs... *Yalla! Shoot.*

Mon ancien enseignant avait probablement lu la crainte sur mon visage aussi aisément qu'un axiome dont on tirait la conséquence logique, car il m'avait dit, plutôt sèchement:

« On ne te fera aucun mal, ici! N'aie pas peur! »

- Non, non! Je n'ai pas peur, que je lui avais répondu, parce que le premier qui va morfler ici... C'est toi!

- Non! N'aie pas peur, avait-il répété... Raconte-moi!

Et c'est alors que j'ai déballé mon sac...

D'ailleurs, il devait être au courant de toute l'affaire, l'enculé! Et je suis allé droit au but, comme je le faisais toujours lorsque ça comptait...

« Je sais! Je sais!... Je suis au courant pour Mohamed et tout le reste », avait clamé l'Arabe. « Ça fait plusieurs fois qu'on lui dit de te laisser tranquille. Notre guerre à nous ce n'est pas une guerre de vengeance personnelle: c'est une guerre de terrorisme. On veut faire peur aux Européens pour qu'ils partent... Pas tous les tuer! Car après, il nous faudra bien rebâtir... »

Tu parles! Rebâtir! Rebâtir avec quoi, enfoiré?

Le maître avait continué à parler… Et ses paroles apaisantes allaient, graduellement, faire leur effet sur moi, et, peu à peu, j'ai commencé à me décrisper et à ne pas vouloir le tuer... Enfin, pas tout de suite! « Écoutez bien une chose... », avais-je professé, « si Mohamed continue à faire ça, moi aussi je vais essayer de tuer ses frères et ses soeurs… Et puis après j'vais liquider toute sa putain de famille au grand complet et terminer le travail avec ses cousins germains! Moi aussi je suis né dans le quartier arabe… Moi aussi j'ai grandi dans ce bled pourri… Comme lui! Pourquoi est-ce qu'il me pousserait à faire des choses pareilles?... Pourquoi? »

Quand j'ai eu terminé mon plaidoyer, Abdel Tahar a semblé être touché par mes paroles.

- Comme ça, si je comprends bien ce que tu me dis, dans ton âme et conscience... Tu ne voudrais pas tuer tous ces gens-là?... Tes frères musulmans!

Ça ressemblait beaucoup à la synthèse d'une équation à plusieurs variables pour en trouver les inconnus. Mais comme c'était un bollé des maths, ça m'avait semblé plutôt normal.

- Non! Non! Pas du tout!... Pourquoi ferais-je une chose pareille? C'est avec ces gens-là que j'ai grandis. Pourquoi devrais-je tous les tuer, maintenant? C'est Mohamed qui me pousse à faire ça... C'est lui qui me menace... Moi et ma famille!

Mon vieux prof a semblé réfléchir, un instant. Puis, il a ordonné:

- Bon! Maintenant je t'ai assez vu. Va-t'en!… Et si tu veux mon conseil, ne remonte plus jamais ici. Il y a beaucoup d'yeux qui t'ont vu et que toi tu ne vois pas… Et qui t'ont reconnu! Tu es très courageux d'être venu ici. Ça se récompense… Je vais arranger ton affaire avec Mohamed! Va!... Va en paix!… *Salam alec cum.*

L'instant d'après, un guide arabe spécialisé dans les labyrinthes de tapis me ramenait jusqu'à la porte de sortie… Arrivé à l'issue, il m'a salué comme les Arabes le font entre eux, et il a touché son coeur, ses lèvres et son front en disant: « *Salamalec!* »

Et c'est à partir de ce jour-là que je n'ai plus eu à m'en faire à propos de Mohamed... J'ai appris plus tard qu'on l'avait muté dans une autre Katiba (unité de combattants), très loin de Bône.

9

Les journées se sont écoulées et l'Algérie des Pieds-Noirs a continué à sombrer dans le marasme. Les villes algériennes n'étaient plus sures pour personne, la chasse aux Blancs était, officiellement, ouverte... Et trois quarts de million de colons européens allaient quitter *leur* pays de la fin mai à la mi-août 1962.

Après le massacre d'Oran de juillet 1962 - quelques jours après la reconnaissance *officielle* de l'Indépendance des djounouds par la France de Gaulle! -, ce serait la goutte d'eau qui allait faire déborder la coupe pour beaucoup d'entre nous. Et d'un commun accord, la majorité des familles bônoises qui s'était jusque-là entêtée à rester en Algérie avait décidé de fuir avant qu'il ne soit trop tard. On avait tous perdu espoir: plusieurs Pieds-Noirs avaient compris que, s'en sauver avec la vie sauve, c'était déjà sortir de l'Algérie avec quelque chose!

Oncle Nino, qui vivait sur une ferme isolée à une dizaine de kilomètres de la ville - il bravait les Fells et disait souvent: « Je n'ai pas peur de mourir en défendant ma terre, moi! » -, s'était fait égorger au petit matin devant ses employés parce qu'il n'avait pas voulu abandonner son domaine aux Fellouzes.

Putains de Melons!... On voulait tous les tuer avant de partir.

En cette fin tourmentée de juillet 1962, alors que ça pétait de partout dans la ville, ma famille a décidé de s'embarquer sur un paquebot en partance pour Marseille, et, même si on n'aimait pas le *climat* de la France, on n'avait plus tellement le choix.

En ce qui avait trait aux patrouilles, ce serait ma dernière nuit de service pour les UT, une ultime ronde pour permettre au plus grand nombre de mes compatriotes de s'embarquer, et, après cet ultime baroud d'honneur, je devais retrouver les miens sur le transméditerranéen, à l'aube.

Mes concitoyens bônois s'empilaient depuis des jours dans le port... C'était l'exode massif. Avec des embarcadères qui débordaient et des navires surchargés qui n'en finissaient plus de parquer les passagers sur les ponts pour sortir le plus grand nombre de Pieds-Noirs possible, car les autres vaisseaux, ceux que les autorités françaises devaient dépêcher pour évacuer la population pied-noir, ils se laissaient toujours désirer. C'était la chute du Régime colonial... La grande débandade! L'abandon des terres irriguées par nos ancêtres… Ceux qui avaient redonné vie à ce bout de désert inculte dont personne ne voulait!… Élevé les brebis et fait la traite pour faire le fromage… Planté les arbres fruitiers, la vigne et fait le vin corsé… Récolté les olives et pressé l'huile odorante.

Notre Grand général, lui, garderait tout l'or noir des puits de pétrole pour ses amis... L'huile minérale... Le fioul! Tout n'était donc pas perdu pour la grande entreprise.

Mais pour les Pieds-Noirs c'était la fuite vers la mère patrie, pays qu'on n'avait vu qu'en photo!... On avait tout perdu.

Je déambulais avec mes volontaires dans les rues de l'Élysa à travers du long tunnel que formaient les platanes; alignés bien droits et serrés comme des sardines, on aurait dit qu'ils étaient heureux de nous voir défiler… Comme j'aurais voulu en être un, moi aussi, et demeurer bien enraciné dans cette terre arabe qui m'avait vu naître.

On s'est finalement retrouvés dans la section des quais de l'usine à gaz, à l'autre bout du port. J'errais sans but en pensant à Ariane et à ma famille qui, comme des milliers d'Européens d'origine, faisaient la queue sur le port avec l'espoir de s'embarquer pour une hypothétique traversée méditerranéenne.

Avec ces putains de paquebots qui se faisaient toujours attendre... On n'était même pas certain de pouvoir partir!

Les Bônois s'entassaient sur les quais. Ils attendaient, en silence, avant d'abandonner leur pays avec les bagages de toute une vie dans une main et le coeur lourd dans l'autre... Ils allaient abandonner l'Algérie aux Arabes: eux seuls avaient saisi le message de notre *grand* général. « Je vous ai compris!?! » Qu'il avait dit... Mais nous, on n'y comprenait plus rien!

Ma famille ne ramenait que quelques valises de toile beige; elles ne contenaient que des vêtements et des effets personnels de première nécessité, et, sur les quais, elles allaient s'assombrir pour marquer notre chagrin à tous. Tante Titine, qui pendant de sa jeunesse s'était brièvement trouvée en odeur de sainteté lors d'un infructueux et bref séjour chez les nonnes, n'avait ramené que des vêtements et un chapelet nacré avec une petite croix béatifiée par Saint-Augustin: elle semblait pendre au bout de sa chaîne et mourir d'envie de s'en détacher, comme l'Algérie française de l'Afrique... Une seule valise qui témoignait d'une vie passée dans le nord africain à trimer dur pour son prochain.

Ma patrouille avait somnolé jusqu'à la pointe de la jetée du port. Le port, c'était le même que mon père Giuseppe avait reconstruit au cours de la Deuxième Guerre mondiale, après les bombardements des allemands; le même qu'il avait rebâti après les attaques des Alliés, lors de la Libération... Les quais s'étendaient à perte de vue et je voyais, au loin, la masse algérienne qui n'en finissait plus d'attendre l'embarquement. Mon coeur était gros et je cherchais les miens dans cette mer agitée en espérant qu'ils pourraient, eux au moins, s'embarquer.

Je me suis allumé une sèche, l'air pensif, et l'ai collée contre ma lèvre inférieure pour qu'elle tienne tout seul, car avec un FM dans les mains, ça n'était pas le temps de s'encombrer d'une clope, puis nous nous sommes arrêtés juste avant la mer, comme si le garde-fou nous avait repoussés pour nous garder de nous-mêmes, et, après une dernière touche, je me suis enfin orienté.

Et j'ai pris la direction la caserne d'un bon pas.

Naturellement, j'aurais pu dire au capitaine des UT: « Ta mission, tu t'la fourres au cul, conard! » Et mettre les voiles avec ma famille!

Cependant, je n'aurais jamais osé dire une telle vérité à un supérieur à cause de mon entraînement militaire... Mais c'est aussi parce que l'officier mesurait près de deux mètres, qu'il faisait près de cent kilos, et qu'il maîtrisait à peu près toutes les techniques de combats à mains nues imaginables.

Si j'étais toujours de patrouille, cette nuit-là, c'est parce qu'on avait demandé aux anciens légionnaires d'assurer l'évacuation des citoyens ordinaires, donc d'Ariane, qui depuis peu était officiellement ma femme, de ma parenté, de mes copains et des autres familles européennes: ces Pieds-Noirs qui avaient l'air de touristes mécontents qui s'en retournaient sur le vieux continent après d'interminables vacances dans les colonies!

Hippone, principale cité de l'Afrique romaine dans l'antiquité; Bône pour les Européens... Mais demain ce serait Annaba pour toujours! En revanche, les Arabes l'avaient toujours appelée Annaba, et nous Bône, et pour eux ça ne changera rien à rien...

Lorsque je suis arrivé à la caserne, mes hommes et moi sommes entrés par la porte principale d'un bon pas: on voulait se départir en vitesse de nos armes et de notre barda. Mais arrivés devant le poste de surveillance, on est tout de suite passés à la vitesse inférieure, car le caporal de garde, lui, avait décidé de ranger, méthodiquement, nos instruments pacificateurs. Il cochait gaiement sur sa liste, alors qu'on était sur le point de perdre le pays, et voulait s'assurer que les culasses avaient été vidées, que les numéros de série correspondaient à son inventaire, qu'il ne manquait pas une courroie, un chargeur, une cartouche... Un véritable travail de moine! Même si c'était presque la fin du monde. La fin de mon monde!

« Hé! Ho! Ça fait!... Magne-toi le cul, bordel! On a not'claque, nous!... On voudrait aller rejoindre nos familles! » Que je lui avais envoyé. Mais le capo cochait et scribouillait toujours, complètement sourd à mes grossièretés...

« Le règlement, c'est le règlement! » Qu'il disait.

Alors, en attendant que le caporal ait fini son travail de Bénédictin, plusieurs se sont assis contre un mur pour reposer leurs guiboles épuisées par la nuit de patrouille. Certains grillaient des cigarettes, d'autres ont sorti les bouteilles (vin) de

Royal-Kebir... L'un de nos tireurs d'élite avait deux litrons de VS de son sac, des bouteilles de Cognac qu'il avait piqué au bordel arabe et qu'il avait déjà entamées... « C'est pour nous changer les idées et nous désaltérer un peu », qu'il avait proposé.

Les litrons n'étaient qu'à peine entamés qu'un camion de l'armée française s'arrêtait devant l'entrée principale, Ensuite, un jeune lieutenant imberbe en est sorti d'un pas affolé - il avait la jeune vingtaine, comme moi -, bientôt suivi de cinq tronches patibulaires.

« Qu'est-ce qu'ils nous veulent, Sergent?... » Avait dit Ricco, qui en plus d'être un tireur de litres était aussi un tireur d'élite, mais à temps partiel.

L'uniforme du gradé était défraîchi, tout en sueur, et j'ai pensé qu'il ne manquait plus qu'une grande tache jaune dans la fourche de son pantalon pour compléter le tableau!... Une cicatrice sur sa joue s'était raidie et tentait de rejoindre le menton qui fuyait toujours... Mais vers quoi, au juste?

Vers la France! J'ai supposé.

L'officier français et ses sbires ont chargé toutes les armes du dépôt dans le camion... De même que les objets de valeur qu'ils avaient pu emporter, sans difficulté. En quelques minutes, les tronches avaient tout chargé: « On ne doit rien laisser aux mains des rebelles... Ordre du commandant! »

- Et les hommes? Qui va les rapatrier, eux?... Vous avez de la place pour nous dans le camion?

J'attendais la réponse... Une réponse... N'importe quelle réponse! Et je me suis demandé s'il ne valait pas mieux accompagner les guignols de France, ou non? Mais avant de pouvoir faire quoi que ce soit, le camion avait déjà disparu: les enculés de France avaient pris la poudre d'escampette.

L'instant d'après, ça s'était mis à sentir le cavalier des sables et le pilote de chameau... Et des insurgés du FLN, tels de véritables Nègres du désert, avaient pris naissance dans un nuage de particules nauséabondes: les cachabirs crasseux étaient déjà là... Ils attendaient leur tour, les fumiers!

Les putains de militaires de France... Ils nous avaient laissés en pâture aux Fellouzes!

Alors que je délibérais avec mon moi intérieur, qui avait l'habitude de se rebeller, lui aussi, j'ai chopé un violent coup de crosse par-derrière la tête... Après, c'était au tour de d'autres apparitions nauséabondes de me taper dessus! C'était de vieux un coup datant de la Première Guerre mondiale, désuets pour le tir, mais bien balancés pour le croquet, le criquet, ou pour fixer les piquets de tente dans la rocaille des djebels.

Ma tête a pris les devants sur le reste de mon corps et a obliqué vers le sol; mes paupières se sont abaissées et ont tressailli un moment... Puis, mes yeux ont roulé sur eux même comme pour regarder les assaillants qui cognaient furieusement par derrière. Et le reste du corps a suivi!

La gravité, j'ai pensé.

Ensuite, comme si j'étais au bout d'un long tunnel, j'ai entendu le bruit étouffé d'étoffes déchirées qui devaient être des chemises... Des boutons ont tinté sur le terrazzo... Des détonations ont retenti... Des corps se sont affaissés... Et puis après... Plus rien! C'était le calme. Total. Le silence du sourd. Mais sans ce bourdonnement chiant dans les oreilles.

Ça se ressemblait beaucoup à passer l'arme à gauche, tout ça, même si je ne savais pas exactement ce à quoi ça pouvait ressembler, trouver la mort, car tout ce que j'avais appris lors de mes trois longues années de service à la Légion c'était comment la donner.

10

Quand j'ai rouvert tout grand mes yeux, il y avait quatre murs blanchâtres. Ils chaviraient sur une mer de ciment... Quatre parois qui m'entraînaient dans une farandole étourdissante! Et j'ai tout de suite compris où je me trouvais: l'une des cellules du commissariat central de la sous-préfecture de Bône.

Et mes côtes, remodelées par les bottines arabes, m'ont tout de suite rappelé à l'ordre: je n'étais pas parti les pieds devant!

J'ai regardé autour de moi et j'ai reconnu Ricco, le meilleur tireur de litres de la garnison... Sa bouche était partiellement édentée, gonflée et sur le point d'exploser, avec un oeil presque fermé qui esquissait un drôle de clin d'œil: il avait l'air de ces boxers après un combat de douze *rounds!*

« Ric... co! Et... les autres? »

J'avais articulé de mon mieux, malgré la sensation d'avoir une bonne douzaine de bonbons poivrés dans la bouche, et, après m'être auto-examiné la cage thoracique, j'ai attendu en vain la réponse de mon tireur d'élite...

Il ne m'a pas répondu, se contentant de pousser un long gémissement dans son coin de cellule nauséabond.

J'ai tapoté la poche de ma chemise, trouvé mon briquet, et je me suis allumé une sèche. J'avais esquissé ce geste comme un automate en manque de drogue... Et un nuage plein de confusion m'avait déjà enveloppé quand le verrou de la porte de la cellule s'est mis à gémir. Puis, un officier arabe casqué d'un petit chapeau melon noir comme la mort a débarqué dans la cellule, immédiatement suivi de deux cachabirs crasseux.

Je me suis tout de suite mis à rire en les voyant entrer... Les deux guignols du désert... Des fantoches! Ils tenaient dans leur main de longues dagues recourbées avec du sang coagulé dessus... S'ils voulaient m'impressionner, ils avaient raté leur numéro, les enfoirés du djebel!... Putain de Ratagaz!... C'était une vraie farce, cette mise en scène de clowns!... Et d'où les avait-on pêchés, ces deux-là? Pendant que je riais - je n'avais pas été capable de m'en empêcher -, le Fellouze en chef a battu les fumeroles dans lesquelles je me confortais, et un peu aussi mon visage, et après deux ou trois baffes en pleine tronche, je suis tout de suite revenu à de meilleures dispositions.

J'ai envisagé, pendant un instant, tenter quelque chose. Avec la surprise de mon côté, j'avais peut-être une chance de m'en tirer?... Mais dans l'état pitoyable où j'étais, je pouvais peut-être, au mieux, piquer la dague de l'un des djounouds et la lui faire bouffer. Mais trois gaillards! C'était bien au-dessus de mes forces. Alors, j'ai regardé du côté de Ricco... Mais celui-ci a décliné mon invitation d'un mouvement discret de la tête.

J'ai relâché mes muscles endoloris. Bon! Si ces messieurs veulent bien s'avancer pour me passer à tabac... Allons-y!

Et j'ai serré les dents...

Le couvre-chef noir s'est tout de suite mis à m'interroger en arabe. L'officier me questionnait à l'aide de grandes tapes du revers de la main. J'ai pensé qu'il avait appris, tout comme moi, à communiquer par signe avec les sourds-muets… Mais comme j'avais déjà mal partout, il ne pouvait pas me faire souffrir beaucoup plus qu'en ce moment même, à moins de me latter les couilles et de me faire bouffer le paquet…

Merde! Là, j'avoue que ça n'était pas une très bonne pensée de ma part.

Le Fell m'a dit que je devais me convertir à l'Islam, comme tous ces infidèles chrétiens qui étaient nés en sol algérien... Enfant d'Allah... Le prophète Mo Ahmed l'avait dit… Et patati et patata! « Tu n'auras la vie sauve que si tu te soumets, mon frère », avait répété l'officier arabe avec un fort accent qui me semblait provenir du Pakistan. Car il y avait beaucoup d'enfoirés Pakis qui étaient venus en Algérie pour soutenir l'effort de guerre pour l'indépendance de leurs frères musulmans... Avec des camions remplis de AK-47!

- *Islam'a bad, man... Vely, vely bad for you, my fliend!*

J'avais sorti mon amerloque et imité son accent paki!

Paf! Pif! Paf! Le type était furieux... Il cognait comme un défoncé. Sous la force des coups, j'ai été projeté tête première contre une paroi de ciment et j'ai fini par penser que, moi aussi, j'avais peut-être une prédisposition naturelle à l'enflure tout comme Ricco.

L'interrogateur musli m'a conseillé de bien y penser... De dormir sur la question, quoi! Il allait revenir à l'aube pour voir si j'allais changer d'avis, sinon... Pas besoin de me faire un dessin: on allait m'exécuter.

« Hum!... Et c'est dans combien de temps, au juste, l'aube? » Que je lui avais demandé.

Car un enfoiré du djebel m'avait piqué ma montre américaine.

Pour toute réponse, j'ai eu droit à une autre baffe... Et mon tortionnaire est ressorti avec les deux djounouds à la lame recourbée.

Pendant qu'on croupissait dans notre petite cellule, un jôlier faisait des rondes dans le corridor et faisait tinter son porte-clefs contre la porte, en passant... On voulait sûrement nous montrer qu'on s'occupait toujours de nous, j'ai pensé.

Le gardien observait de temps à autre par le judas les prisonniers politiques que nous étions, et, graduellement, j'ai réussi à reprendre mes esprits...

Appuyé contre le mur, je me suis sorti une autre cigarette. La cigarette du condamné, celle-là! J'en ai pris deux ou trois bouffées successives, et, une fois mes poumons satisfaits, j'ai passé la clope à Ricco qui ruminait toujours dans son coin... Et j'ai pensé que, cette fois-ci, j'étais vraiment dans la merde.

11

Je me suis levé pour aller boire une gorgée d'eau, une eau à l'odeur de chiottes que j'avais avalé plus pour faire passer l'angoisse que la soif, puis des pas se sont rapproché dans le corridor... Déjà? Et je me suis tout de suite préparé à une autre séance de questions à coups de poings sur la gueule... Le cours 101 de la conversion à l'Islam! La porte a grincé... J'ai levé la tête, histoire de voir venir et de me préparer, mentalement, mais ça n'était pas mon tortionnaire qui débarquait. J'ai vite reconnu la tronche du type qui passait dans l'ouverture; dans une autre vie, nous avions fréquenté la même petite école déglinguée et les mêmes ruelles pourries du quartier arabe: il s'appelait Mohamed, comme le prophète... C'était tous des putains de Mohamed!

J'avais déjà fait quelque chose pour lui, dans le temps: c'était lors d'une patrouille de nuit. On l'avait pris après le couvre-feu dans les rues de l'Élysa, et ça aurait pu lui coûter très cher, sa petite sortie nocturne pour aller rejoindre sa fiancée, car il y avait des Melons qui se faisaient liquider pour deux fois moins que ça!

Mais comme on avait été des amis d'enfance, je l'avais laissé partir sans que ma troupe ne lui fasse le moindre mal.

« Mon frère! » Avait chuchoté l'Arabe... « Ils vont venir te chercher à l'aube... Tu es sur leur liste noire! »

Ensuite, à travers l'ouverture béante, il a regardé derrière lui... Il avait peur.

« Ils vont te tuer! Le Colonel de la Naya I a déjà été averti de ta capture... Il a déjà signé l'ordre pour ton exécution! »

- Tu me laisses sortir, Mohamed?... Tu ne vas pas les laisser faire ça, non?

Je l'avais imploré! Et, malgré mon orgueil, je n'en avais pas eu honte. Plus maintenant! Car j'avais senti qu'il voulait m'aider.

- J'ai déjà fait quelque chose pour toi, Mohamed... Tu ne l'as pas oublié, hein? On était des amis, autrefois! Tu pourrais me renvoyer l'ascenseur... Je ne suis pas ton ennemi, tu le sais bien.

- La guerre est finie... Et on l'a gagnée. On a notre pays à nous... Ça donnerait quoi de les laisser te tuer, maintenant?

- Alors? Laisse-moi foutre le camp d'ici... Mohamed!

Le Fell a semblé réfléchir à tout ça, comme s'il soupesait le pour et le contre de sa clémence envers moi pour lui et pour sa famille... Peur de représailles?!? Sûrement.

De mon côté, je m'attendais à voir ma vie défiler en accéléré, si jamais il me disait que non...

- Voici ce que je vais faire, Jo... Je vais refermer la porte, sans tourner la clé dans la serrure. Attends encore une bonne heure pour qu'ils ne se doutent pas que c'est moi qui t'ai laissé sortir... Ensuite, tu vas tout droit et tu prends à gauche. Au bout du couloir, il y a une grille de fer, à l'arrière, et je la laisserai déverrouillée pour toi... Tu sortiras par-là! Personne ne monte la garde de ce côté. C'est tout ce que je peux faire pour toi, mon frère!... On ne se doit plus rien, maintenant... *Inch Allah!*

- *Shoukran jazilan...* Merci, Mohamed!... Oui! On est quitte pour toujours... *Inch Allah!*

Le révolutionnaire m'a fait le signe que les Arabes font entre eux pour se saluer. Ensuite, il a tourné les talons sans rien dire, puis il a refermé derrière lui. J'ai entendu le son des clés s'entrechoquer contre la paroi... Mohamed allait-il tenir parole? J'ai attendu quelques secondes, et, sans faire de bruit, je suis allé vérifier la porte. J'avais le souffle court, car s'il avait changé d'avis... J'étais cuit!

J'ai exercé une légère pression sur le métal... L'acier n'a pas bougé d'un millimètre... Merde! J'ai essayé une nouvelle fois et j'ai poussé plus fort: la porte s'est à peine entr'ouverte. Ouf! Je l'ai refermée le coeur plein d'espoir, car notre taule n'était pas verrouillée. Mais tout de suite après, en pensant au veilleur, j'ai eu une petite frayeur: pourvu que personne ne vienne nous voir avant l'aube, avais-je imploré les dieux! Ensuite, j'ai regardé en direction de mon compagnon de cellule, mais celui-ci me paraissait à moitié mort, dans son coin. Et j'ai chuchoté:

« T'as compris, Ricco? On va pouvoir s'échapper! Ricco! Mais secoue-toi, bon sang de merde! »

Je l'ai pris par les épaules pour le brasser un peu... Pour essayer de lui faire entendre raison!

- C'est foutu pour nous, Sergent... Foutu! Ils vont nous faire la peau dès qu'on va essayer de sortir... C'est tout vu! Ils vont se justifier auprès des autorités françaises en disant qu'on avait essayé de s'évader... Y a rien à faire, Jo. On est condamnés!

- Ouais! Peut-être bien que oui... Mais mourir pour mourir, j'aime autant morfler en essayant de m'évader!

Ricco a replongé sa tête dans les genoux en signe d'abandon... Ou c'est peut-être qu'il priait? J'ai attendu encore un moment; les secondes passaient, lentement... Puis, je me suis mis à compter dans ma tête parce que je n'avais plus de montre et qu'il m'était impossible de mesurer le temps qui filait: mille un, mille deux, mille trois... Plus le temps passait et plus mon coeur cognait dur dans la poitrine. Finalement, exacerbé par une attente interminable, je me suis levé, et, sans bruit, j'ai comblé la distance qui me séparait de mon ami... Peut-être allait-il changer d'avis, cette fois-ci? « Faut foutre le camp d'ici, bordel! Viens, Ricco! Et tout de suite! C'est un ordre, soldat... Exécution! » Et je l'ai secoué comme un olivier pour en faire tomber les fruits.

- Non! C'est foutu!... C'est foutu, Sergent, avait pleuré Ricco. Bonne chance, Sergent... *Buona fortuna!*

- Ouais! Toi aussi mon gars!... Toi aussi!

Et je suis parti tout seul.

Je me sentais coupable de l'abandonner, car je ne l'avais pas convaincu d'au moins essayer de s'en sortir. Je ne devais pas être un si bon meneur d'hommes que ça...

Je me suis rapproché de la porte et j'ai tendu l'oreille... Rien! Aucun bruit en provenance du corridor. Alors, avec le coeur plein d'espoir, j'ai poussé sur la porte blindée... Doucement, mais avec tout mon poids derrière la pression... Et par une ouverture juste assez grande pour un homme de ma taille, j'ai quitté ma geôle sur la pointe des pieds. J'ai fait quelques mètres dans l'étroit couloir, puis, immobilisé net, les sens aux aguets, j'ai prêté attention aux bruits de la prison... Rien! Tout ce que j'avais pu entendre, quand j'ai tendu l'oreille, c'était le son de mes battements de cœur: ils faisaient claquer mes tympans comme un moteur sur le point de s'emballer. J'ai pris peur et me suis mis à trembloter... J'avais eu la frousse que le bruit de ma patate n'ait alerté les gardiens de prison! Mais comme rien ne semblait les avoir troublés, je suis retourné sur mes pas pour refermer la porte de ma cellule pour que tout paraisse normal. Par après, sur quelques mètres de distance, j'ai longé les murs du corridor qui menait à la liberté. J'ai croisé trois autres cellules, au passage, et atteint la grille arrière; j'espérais que la porte grillagée ne soit pas fermée à clef, comme me l'avait promis Mohamed, sinon... J'étais fait comme un rat!

Des lueurs rougissaient l'horizon... Déjà, les premiers rayons de ce fatidique matin de juillet tentaient de soulever l'opaque couvercle qui pesait toujours sur la nouvelle Algérie des Arabes, mais moi, comme plus d'un million de Pieds-Noirs, j'avais perdu la mienne. Et il y a des choses comme la perte de son pays auxquelles un homme ne pourra jamais s'habituer et...

Mais ça n'était vraiment pas le moment de penser à ça.

J'étais là, comme un con, à gaspiller du temps précieux. Je scrutais à travers les barreaux sans encore oser pousser dans le grillage, comme le condamné à perpète qui découvre que, pendant toutes ces années d'incarcération, la porte n'avait jamais été verrouillée et qu'il aurait pu mettre les voiles... J'hésitais.

Dehors, il ne faisait ni nuit ni jour, mais c'était déjà très chaud... Allez! Assez perdu de temps... Vas-y!... Fonce!

Et j'ai foncé... Foncé comme l'enragé qui croit en ses chances de survie et qui veut mordre dans la vie. Et je me suis mis à courir... À courir à perdre haleine... Je cherchais mon chemin dans la ville... J'errais entre deux mondes qui ne voulaient plus de moi... Je louvoyais sous le couvert des façades sombres... Derrière les palmiers... Pour éviter les sentinelles Fells... Ces patrouilleurs d'une liberté acquise au détriment de la mienne!... Je les devinais... Ils étaient là... Cachés... On me guettait dans la pénombre... Je le sentais... On voulait me tuer!

J'ai galopé comme un diable et suis passé derrière la Caserne Yusuf, descendu jusqu'au pied de la butte de la Casbah en craignant d'être abattu au coin d'un carrefour, happé mortellement par une balle à la volée... Et, presque soulagé d'avoir échappé au pire, j'ai vite atteint la gare commerciale de Bône sans me faire repérer. Je me suis planqué sous les wagons de marchandises abandonnés par les Français; j'allais rester tapi dans l'ombre que projetaient les voitures et essayer de voir comment je pourrais m'en sauver...

Autour de la petite bâtisse ferroviaire, des soldats à béret étaient parqués çà et là comme du bétail en attente de quelque ordre de replis stratégique, avec des sentinelles qui montaient la garde sur les quais. Des patrouilles de reconnaissance passaient sans me voir, et tout ce beau monde attendait d'autres soldats français qui devaient revenir de l'intérieur du pays par train... Avant de pouvoir mettre les voiles et faire une croix définitive sur l'Algérie. Ils étaient maintenant neutres et impassibles sur ce sol définitivement hostile aux Pieds-Noirs, tel que stipulé dans les conditions de redditions aux mains du FLN « victorieux ».

J'étais pris entre deux feux: d'un côté il y avait la glorieuse armée du Général qui contrôlait la gare et qui avait ordre de tirer sur tout ce qui bougeait, de l'autre il y avait des Ratagaz imbus de liberté qui patrouillaient la ville et les abords du port.

Je ne savais pas comment j'allais pouvoir m'en sortir...

Au loin, un vieux paquebot se préparait à quitter l'embarcadère, et c'est à ce moment précis que je me suis mis à penser à ma famille: elle devait se trouver sur le gros bâtiment. Je savais bien que ça n'était pas le moment de sombrer, de me faire du mouron pour les miens, et que chaque seconde d'attente pouvait m'être fatale... Mais c'était plus fort que moi!

J'ai vu le gros navire qui s'apprêtait à abandonner le quai avec ce que j'avais de plus précieux au monde, et j'ai pensé à mon fier Papa, ce bon vieux Peppé qui était arrivé à Bône, jeune adolescent, avec comme seule richesse le contenu de ses poches:

un canif que son père lui avait légué pour tout héritage; à Mémé, ma mère d'adoption, qui s'était marié avec papa quelques années après que la mienne ne soit morte; à ma sœur Anna-Maria, âgée d'à peine quatre ans et fruit de la seconde union de mon père; à mon frère Vincenzo et à *Tia* Francesca, qui avaient dû franchir la passerelle avec papa; et à Ariane, qui se trouvait avec eux et qui avait la charge de nos effets personnels de jeunes mariés et quelques souvenirs de vie commune...

Puis, échappant une dernière plainte, la sirène du navire a semblé rendre l'âme, et au même instant les amarres étaient larguées par l'équipage. Les marins avaient fort à faire dans la mer de passagers qui s'agitait sur le pont, surchargé... Après, le navire poussif s'est dégagé du quai. Il s'apprêtait à longer la côte à vitesse d'escargot et tentait d'échapper à la marée haute qui, elle aussi, semblait avoir choisi le camp des djounouds et le retenait... Voilà ma chance! J'ai pensé.

J'avais repéré la position des sentinelles de la gare, établi le trajet des patrouilles françaises, et, courbé en deux, j'ai traversé la cour de triage avec l'assurance d'un para lors d'une ultime mission suicide... Je rampais, lorsque je le devais, ou m'immobilisais net pour me rendre invisible face au nouvel ennemi des Pieds-Noirs: le Français à béret! Je voulais rejoindre le rafiot bondé de passagers qui allait s'éloigner vers le large... Quelle idée folle! Mais les vrilles d'écume sculptées par les hélices m'indiquaient le cap à suivre pour venir à sa rencontre.

Alors, j'ai décidé de tenter ma chance. Je n'avais plus beaucoup de choix: qu'est-ce que j'avais à perdre d'essayer?

Je suis arrivé à la jetée, inaperçu. Ensuite, je me suis glissé le long de la paroi rugueuse, presqu'à la barbe des vigiles fells qui fumaient du kif. Perdus dans leur rêverie, le doigt sur la gâchette, les Fellouzes regardaient l'embarcation s'approcher de la jetée... Le navire grossissait toujours dans la rade, avant de s'élancer vers le large. Puis, leur appel à la prière a résonné dans toute la putain de ville - je n'avais jamais été aussi content de l'entendre de toute ma vie! -, et la grande majorité des Fellaghas s'est orienté vers leur Mecque pour prier... Pendant que moi, j'en profitais pour passer entre les hommes de faction espacés d'une cinquantaine de mètres! Par la suite, je me suis laissé tomber dans l'eau, un plongeon d'à peine deux mètres: plouchhh!

Alerté par le bruit suspect, un poisson qui avait fait des cabrioles hors de l'eau?, un Fell a ameuté toute la troupe:

« *Yallah! Yallah!* » Avait crié le Fellagha.

L'instant d'après, les Fellouzes abandonnaient la prière du matin pour se mettre à tirer à la Kalash dans la mer... Au grand déplaisir d'Allah qui, je suppose, n'allait sûrement pas être content qu'on interrompe la prière. Mais moi, si...

J'allais pouvoir fuir l'Algérie à la nage!

J'ai nagé le plus longtemps possible sous l'eau. L'onde silencieuse restait impassible face au combat mortel qui se déroulait dans son vaste domaine, mais elle se laissait pourfendre par les brasses victorieuses de l'habile nageur que j'étais devenu, au fil des ans... Et par les projectiles guidés par la haine musulmane. Mes poumons allaient éclater, lorsque je suis remonté, in extremis... Je n'avais pris qu'une seule bonne respiration, avant de replonger... Je brassais l'onde comme un médaillé d'or au bassin olympique, pendant que les tirs des armes automatiques fells zébraient toujours l'immensité opaque, momentanément protectrice comme les eaux d'une mère pour son fils... Et de toutes mes forces, j'ai brassé l'eau avec la crainte de ne pas nager assez vite... Je voulais arriver à la hauteur du transméditerranéen... Il allait mettre le cap vers le large... Passer devant moi... M'abandonner dans la couche aqueuse algérienne... Continuer jusqu'à Marseille... sans moi!

Sur les berges, les automatiques des fous de Dieu s'étaient tus, la minuscule cible mouvante que j'étais étant maintenant hors d'atteinte pour eux, sauf peut-être avec la lunette de visée d'un tireur d'élite. Maintenant, le seul souhait des Fellouzes était que je n'atteigne pas le navire et que je me noie. Ou ils iraient m'achever à la rame.

Je suis finalement arrivé à moins cinq de mètres de l'immense carcasse d'acier... J'étais arrivé juste à temps... À bout de souffle...

Les lettres Sidi Okba étaient incrustées sur sa rouille. J'ai arrêté ma progression. Fait du sur place. Puis, je me suis demandé comment j'allais faire pour monter à bord, la coque du navire étant uniformément lisse et impossible à attaquer à mains nues... De plus, il y avait les hélices qui pouvaient m'aspirer, si jamais je m'approchais de trop près de la poupe, et m'entraîner par succion vers une mort horrible...

Et c'est alors que le miracle s'est produit!

Presque à la ligne de flottaison du bâtiment, un Nègre de cuisine a ouvert un petit portillon et s'est mis à déverser dans la mer des reliefs de table et autres détritus de cuisine... En voyant les résidus sanglants tout près de moi, je me suis dit que, s'il n'y avait pas de prédateurs dans les parages, il allait y en avoir très bientôt pour s'occuper du festin... Et de moi! Alors, fallait faire vite... Et pendant que j'essayais d'attirer l'attention du gars de la cambuse, j'ai pensé à ce que mon oncle Vito disait toujours, lorsque des barracudas s'attaquaient aux pêcheurs d'éponges de Catellammare del Golfo, en Sicile: « qu'il ne fallait jamais essayer de nager plus vite que l'école, car c'était impossible de semer ces habiles chasseurs des mers... Fallait plutôt nager juste un peu plus vite que ses compagnons de plongée! »

Sauf que j'étais tout seul.

Lorsque l'Africain m'a finalement aperçu, ses yeux se sont arrondis de stupéfaction, et, pendant un instant, il a hésité, ne sachant pas trop comment réagir. Mais comme il avait sûrement bon coeur, il a tendu une main secourable au nageur épuisé qui l'implorait du regard, étirant au maximum un bras à travers la trappe béante... L'écoutille qui menait au salut!

J'ai comblé la distance qui me séparait de l'ouverture et j'ai réussi à monter à bord... J'étais sauvé!

« Faut que tu 'estes caché dans la cale... Sinon le pat'uon va me faire des p'oblèmes », m'avait expliqué l'employé affecté aux basses besognes.

- Me... Merci! Merci de... tout... que... cœur! Avais-je réussi à prononcer entre deux respirations... Tu... Tu m'as sau... vé... sauvé la vie! Je... ja... jamais... je ne... l'oublierai!

Le Noir m'a tout de suite trouvé une planque; c'était un coin obscur de la cale, non loin de la cambuse. Pour toute richesse, je n'avais qu'un pantalon, des bas troués et une chemisette d'été avec un briquet à essence dans la poche!

Le Camerounais est venu me porter à manger et à boire: je l'ai remercié avec sincérité. Et j'étais désolé de n'avoir rien à lui offrir en guise de compensation monétaire pour ses efforts... Pour m'avoir sauvé la vie! Et je lui ai cédé le briquet. Le briquet qu'Ariane m'avait acheté le jour où l'on s'est fiancés.

Moi qui passais pour un raciste, un sans coeur et un tueur en série parce que j'avais tué plus d'une centaine de Fellouzes et à peu près tout ce qui avait un jour marché, rampé ou volé dans la création, je devais maintenant la vie à deux Africains: un Arabe avec qui j'avais fait le cours primaire et à un Nègre de cuisine!

Lorsque j'ai pu regarder à travers le hublot circulaire de mon recoin graisseux, je ne distinguais déjà plus les détails de la rue et l'animation sur le port où se massaient encore de nombreux Pieds-Noirs... Bône la Coquette s'éloignait, tout doucement, et seule sa blancheur virginale et les tons ocre de ses toitures d'argile m'étaient encore visibles. Plus tard, alors que le paquebot s'éloignait toujours, il n'y aurait plus que les terres lointaines d'où se fondraient les dernières côtes algériennes. Et par la suite... plus rien! Que le bleu de l'océan qui noie tout avec mon cœur qui chavirait comme un navire sans pavillon dans la tourmente.

J'étais maintenant un homme sans patrie!

La tristesse me mettait la larme à l'oeil. Mes joues se sont mouillées. Moi qui m'étais pourtant juré de plus jamais pleurer, après le décès de maman... Je sanglotais! Je n'étais qu'un môme lorsque j'avais fait cette promesse devant sa tombe, juste avant la traditionnelle poignée de terre sur son cercueil de pin. Mais maintenant elle resterait seule à jamais dans son petit lot au cimetière, abandonnée avec parents et amis qui étaient tombés aux mains des Arabes. Non seulement je renonçais au pays qui m'avait vu naître, j'abandonnais aussi mes morts pour toujours.

12

Le lendemain matin, le navire est arrivé dans le port de Marseille. J'avais passé une nuit entière dans la soute à combattre les rats de cale et les punaises; je n'avais ni passeport ni papiers d'identification sur moi, et il m'était impossible de me mêler aux autres passagers ou de sortir par la passerelle, avec eux.

« Mosieu! Moi, pas connaît'e toi! » Avait fait le Noir.

Il allait tourner les talons, car une grosse voix crasseuse l'appelait du fond de la cuisine: « Où c'est qu'il est ce putain de Nègre!... Fainéant, va! » Avait crié l'articulation.

- J'a'ive chef!... J'a'ive!

Et je n'ai eu que le temps d'échanger une très brève poignée de main, un court instant de vie pour montrer mon éternelle gratitude envers ce type que je connaissais pas... Mais qui m'avait sauvé la vie! Alors que son éternel servage l'appelait encore, je lui ai dit: « Merci!... Du fond du cœur, merci! »

Et j'ai attendu que les passagers ne descendent du navire...

J'ai finalement risqué une sortie clandestine et me suis faufilé vers le pont des troisièmes, prêt à assommer le premier venu qui oserait me porter ombrage... Mais y'avait personne! Sur les quais, par milliers, les Pieds-Noirs se bousculaient sur la jetée. Plusieurs cherchaient un parent, un ami, un mari, dans l'animation de fin de régime colonial qui régnait sur le port débordé de Marseille. D'autres paquebots, en provenance d'Alger, de Mers el-Kébir ou de Ténès, étaient arrimés-là... Un flot continuel de passagers déferlait en ordre aléatoire sur des CRS débordés, qui tentaient de maîtriser les dizaines de milliers de réfugiés algériens à coups de « Restez dans le rang! »

Le personnel gouvernemental ne savait plus où donner de la tête tellement la mer algéroise était oppressante. Une rumeur incroyable montait jusqu'à moi... D'immenses vagues pieds-noires frappaient contre la coque, et, parmi ce déferlement de gens affolés, il y avait peut-être ma famille! Quelque part?... Noyée dans cet océan de têtes et d'épaules qui semblaient flotter comme des bouées dans l'océan. Et en vain j'ai cherché, dans cette mer démontée, la petite brunette aux cheveux frisés qui m'avait dit « oui » pour la vie... Celle qui portait maintenant mon nom: Ariane.

J'ai traversé le pont sans plus attendre et je me suis dirigé vers la poupe. Puis, j'ai agrippé un gros câble, qui servait d'amarre au monstre flottant, et je suis descendu les pieds et les mains enroulées autour de la grosse laisse de chanvre, comme un marin funambule qui descend à terre, sans permission. Je me suis laissé tomber sur le col du quai de la Joliette, et, aussitôt sur la terre ferme, je me suis planqué dans un recoin sombre, jusqu'au crépuscule... J'attendais mon heure dans la pénombre, dans la sombreur qui nous arrache au mal et à la damnation, car « il n'y a que dans l'ombre qu'un légionnaire y voit vraiment clair », disait mon capitaine du PREMIER REP.

Le soleil était tombé depuis un bon moment, lorsque je me suis aventuré sur le port. La rade était presque déserte, mais il y avait un drôle de type qui flânait près des paquebots... C'était un tunisien qui disait venir de Bizerte.

« Je viens de me sauver d'un bateau et je cherche ma famille... Pouvez-vous m'aider? » Avais-je demandé au badaud, naïvement.

- Comment ça, vous ne trouvez personne? Avait fait l'Arabe.

Il avait reculé d'un pas, comme si je m'étais transformé en SDF. Mais je dois dire pour sa défense que je n'avais pas grand-chose sur le dos... Et que j'aurais pu, effectivement, passer pour un clochard. Et je lui ai expliqué sommairement mon histoire, sans rentrer dans tous les détails sordides, que je m'étais sauvé d'un navire qui m'avait amené ici, que je cherchais ma famille...

- On va rester ensemble, avait proposé l'Arabe.

Il avait l'air de penser que quelqu'un viendrait me chercher, que je m'étais égaré, tout bonnement, comme le péquenaud qui débarque du bateau lors d'un premier voyage loin de chez lui.

Il avait accordé son pas au mien et avait rajouté:

« Si t'as pas où aller, on verra! Reste avec moi, car je dois retrouver ma famille, moi aussi... »

Mais sans papiers et sans argent, je ne pouvais aller nul part. Pas de Service de réception des immigrants, pas de possibilité de sortir du port par la guérite de sécurité. À moins d'essayer de le faire à la nage!

Je marchais avec le Musulman depuis quelques minutes, lorsque j'ai aperçu, de loin, un type qui ressemblait étrangement à mon beau-frère. Je me suis frotté les yeux pour m'assurer que ça n'était pas une vision, que je n'imaginais pas ce parent par alliance matérialisé juste devant moi...

« Rémy!... Par ici! » Avais-je crié, tout content de retrouver quelqu'un que je connaissais.

Rémy était bien là!... Le frère d'Ariane... Il marchait vers moi en sautillant et en criant sa joie de m'avoir retrouvé, et, comme il n'était pas fou, il avait pensé que j'essayerais de traverser, clandestinement. Et comme quatre-vingts pour cent des bateaux en partance d'Algérie devaient arriver ici...

- Viens! Dans mes bras, qu'on s'embrasse!

Après une très longue accolade et de solides tapes dans le dos, Rémy m'a ramené dans sa planque...

Lorsqu'elle m'a vu entrer avec son frère, Ariane m'a presque arraché la tête: Peppé et Mémé pleuraient de joie. La petite Anna-Maria, qui ne comprenait pas tout à fait ce qui se passait à cause de son jeune âge, avait sauté sur moi. Elle s'était agrippée à l'une de mes jambes et se laissait traîner par ma guibole partout dans la maison. Mon frère Vincent avait joué un morceau de saxo fraîchement improvisé en mon honneur... Mais toute la famille a fui dans une autre pièce!

Tia Francesca, que l'on surnommait Titine, entre-nous, avait proposé de faire un rosaire sur les genoux en guise de remerciement pour ses prières exaucées. Mais j'ai préféré aller boire un bon litre de pastis avec les hommes, alors que la tantine menaçait l'assistance d'excommunication. Mais à force de se faire menacer d'explusion, on finit par ne plus rien craindre... Même les foudres de l'Église.

Après une bonne nuitée passée en famille, je suis allé à la préfecture avec un vieux certificat de naissance, mon carnet militaire, et un second jeu de papiers d'identité. Les dates étaient périmées, mais Ariane les avait conservés, au cas où?

« Cher Monsieur », avait dit le fonctionnaire en feuilletant mes documents, sauf ceux qui attestaient de mon entrée au pays, « Comment êtes-vous arrivés ici? »

J'avais été tenté de lui dire: « à la nage! » Mais je me suis retenu juste à temps. D'ailleurs, il ne m'aurait jamais cru...

- Je suis arrivé sur le Sidi Okba, avais-je déclaré.

Je ne voulais pas trop faire de vagues, car parmi ces fonctionnaires il y avait des tordus dans le lot. J'espérais juste qu'il n'approfondisse pas trop mon histoire...

- Avec qui? Avait interrogé l'administrateur, l'œil soupçonneux.

- Avec qui, quoi, Monsieur?

- Bon sang! Mais avec qui êtes-vous arrivé à Marseille, voyons?

- Hé! Bien... Mais avec ma famille, pardieu!

- Eeeet... Pourquoi n'étiez-vous pas là, hier?

- Heu!... C'est parce qu'hier, je... Heu! Je n'ai pas pu être là... Voilà! J'attendais ma grand-mère! On l'avait perdu de vue, vous savez?... Avec tous ces gens qu'il y avait sur les quais... Elle est malade du coeur, vous comprenez!... Et comme c'est moi qui avais été chargé d'aller à sa recherche...

- ... Bon! Bon! Avait coupé sèchement le fonctionnaire, en mâchouillant le bout de son crayon.

Il ne croyait pas un seul mot de ce qu'il avait entendu... Mais comme il y avait des centaines de réfugiés pieds-noirs qui se collaient contre sa vitrine, il avait prestement estampillé les divers documents. Puis, après m'avoir tendu les papiers, il m'a envoyé au guichet suivant, incrédule...

« Au suivant! »

13

Lorsque nous, réfugiés pieds-noirs, débarquions sur le quai de la Joliette, c'était l'indifférence! Nous étions des Français complètement étrangers à notre mère patrie, la France, et les Marseillais n'en finissaient plus de montrer leur hostilité envers nous: « Pieds-Noirs, retournez chez vous! » Qu'ils nous lançaient. On l'avait même écrit en lettres géantes dans la ville pour mieux nous humilier. On nous traitait de « putain de colonialistes! » De « racistes! » De « bandits! »

Mais personne n'avait encore osé me traiter de tueur.

« Que les Pieds-Noirs aillent se réadapter ailleurs! » Qu'ils nous envoyaient, lorsqu'on cherchait du travail. Mais ces mêmes Marseillais avaient la mémoire courte, puisqu'ils avaient oublié qu'ils nous avaient acclamés, particulièrement ceux de la troisième Division d'Infanterie algérienne, nous qui les avions délivrés des nazies, en août 1944!

Rien n'avait été prévu pour notre hébergement, à Marseille ou dans les environs, et notre famille a dû s'entasser dans des chambres dégoûtantes. Après, c'était des appartements en ruine. Mais d'autres Pieds-Noirs, plus malchanceux que nous, avaient dû passer la nuit dans les halls d'hôtel ou même sur les trottoirs comme de vulgaires clochards. Ces exilés traînaient pour la plupart une valise et quelques baluchons... C'était toute leur fortune qu'ils traînaient avec eux.

Avant leur départ d'Algérie, beaucoup de mes compatriotes Bônois avaient détruit par le feu les reliques de plusieurs générations... Pour ne rien laisser aux mains des Fellouzes!

Après l'assassinat de l'oncle Nino, juste avant de quitter le pays qui m'avait vu naître, j'avais été avec des copains pour brûler sa maison, sa grange et sa fromagerie: les quelques Fells qui avaient pris possession de son domaine, on les avait cramés vifs à la mémoire du *tio!*

Mon père et moi avions beaucoup de mal à nous dénicher du travail, à Marseille et dans les environs, malgré nos qualifications et surtout l'expertise de Peppé: un contremaître en infrastructures urbaines qui avait déjà eu plusieurs milliers de travailleurs à sa charge. Mais comme on nous traitait d'exploiteurs d'esclaves et de racistes, on ne voulait pas de nous sur les chantiers de construction, et, lorsque je me sentais découragé et que je semblais prêt à sombrer dans la violence pour faire valoir mon appartenance à la culture française, Peppé me répétait toujours: « Fiston, n'oublie pas ce que tu es... Ça évitera aux autres de te le rappeler tout le temps! »

Ouais! Sauf que mon problème c'était que, justement, je ne savais plus qui j'étais... Je n'étais ni un Algérien, ni un Français, ni un Sicilien... J'étais autre chose: un apatride pied-noir avec un passeport de France!

Et puis un jour, environ deux semaines après mon arrivée à Marseille, un militant de l'OAS m'a contacté... Je n'ai jamais su comment il avait réussi à me retrouver, le bougre, mais il l'avait bel et bien fait. J'étais au Grand Hôtel Méditerranée, bien pépère devant une anisette sur la terrasse. J'attendais mes beaux-frères qui devaient me rejoindre pour prendre un coup avec moi, lorsqu'un type en costard est venu s'installer à ma table. Il m'a dit: « Salut Sergent... Dis donc, ça fait une paye, mon vieux!... Je peux m'assoir un instant? »

Je n'ai même pas eu le temps d'ouvrir la bouche, qu'il s'était déjà assis devant moi.

J'avais rencontré le lieutenant Max à quelques occasions, alors que je collaborais avec le Deuxième Bureau, à Tlemcen. Le bougre travaillait de concert avec les services de Renseignements français et avait entendu parler de moi par l'entremise de mon capitaine, puis d'un haut gradé de l'armée de l'air qui travaillait sous les ordres du lieutenant colonel Bastien-Thiry. Max m'avait ensuite approché à Bône, en 1962, pour une mission spéciale pour le compte de l'OAS: l'attentat d'un chef politique fellouze... Il recherchait, à l'époque, un franc-tireur expérimenté, un type qui n'avait pas froid aux yeux pour dégommer un Djounoud haut placé dans la hiérarchie fellagha. La pointure faisait des vagues et commençait à faire chier à peu près tout le monde: une balle dans la tronche d'une distance de 300 mètres, en pleine ville d'Alger, et le problème avait vite été réglé!

- Salut Max... Putain! Mais qu'est-ce que tu fous ici?

Quand on s'est serré la main, j'étais encore tout perdu dans mes souvenirs de mission... Et je me doutais bien du pourquoi de sa visite, parce que j'avais déjà bossé pour lui, dans le passé.

Max m'a rapidement expliqué qu'il recherchait un volontaire pour un *job* très spécial en territoire français. Et, comme je n'avais pas encore déniché de boulot, il pensait que ça pourrait peut-être m'intéresser d'abattre du bon travail pour lui.

- J'ai besoin d'un tireur expérimenté... Un gars à la hauteur, comme toi. Et de nos jours, un gars à la hauteur, c'est rare comme une pute qui travaille à son compte à Marseille!

Comme je cherchais activement du boulot, mais pas exactement dans cette branche ultra spécialisée, j'ai décidé de l'écouter. Sait-on jamais?... Qu'est-ce que j'avais à perdre?

- Et c'est quoi, ce travail? Ça paye combien?... C'est où?

- Ho! Ho! Mais y a pas de presse, Sergent! Avant tout, est-ce qu'on peut toujours compter sur ta discrétion et ton implication pour la cause?... Garçon! Deux autres Ricard par ici!

Le serveur avait fait un signe de la tête: il avait compris.

- La cause?... Mais quelle cause? Que je lui ai répondu. Mais y a plus de cause, bordel!... Depuis qu'on a perdu notre Algérie!

- Ouais! Tu as raison. Tu as bien raison, Sergent... Et que dirais-tu de dégommer le grand responsable de cette débâcle? Veux-tu venger tes compatriotes pieds-noirs, oui ou non?

Max parlait du général de Gaulle... Du *Grand* général de toutes les Gaules! L'enfoiré qui avait donné notre pays aux djounouds! L'OAS avait déjà essayé de le liquider dans le passé, et plus d'une fois, mais sans succès. Et je lui aurais bien fait la peau, moi, à cet enculé de généralissime, et gratos, en plus de tout ça! Mais il était déjà trop tard pour sauver notre Algérie.

- C'est quoi ton plan, au juste?

Max a comblé la distance qui nous séparait, et il m'a dit:

- Je peux compter sur toi?... C'est une mission top secret!

- Ouais! Ouais! Va-y... Déballe ton opération.

- C'est un commando de 12 hommes avec fusils mitrailleurs, des explosifs et 4 véhicules... On prend le convoi sous un feu croisé, juste avant un rond-point menant à l'aéroport: Opération Charlotte Corday... Ça t'intéresse, Sergent?

Je n'avais jamais été très fort en histoire, mais ce nom me rappelait vaguement quelque chose... Avec des relents de révolution française et tout le reste. Ah! Ces putains d'intellectuels de mes fesses, ils avaient toujours le chic pour nommer leur opération avec des noms de codes évocateurs... Mais sur le terrain, ils ne valaient que dalle, ces planificateurs de mes fesses! Et par après, quand on se retrouvait dans la merde jusqu'au cou, on ne pouvait jamais compter sur eux pour se sortir du pétrin.

- Et c'est pour quand, ce boulot?

- C'est pour très bientôt, mon pote. Il ne me manque plus que quelques hommes de confiance pour compléter le peloton... Ça t'intéresse, Sergent?

- Et ça paye combien... ta petite sauterie?

- Pas si mal... 8,000 francs.

- Quoi? 8,000 francs pour gommer le numéro Un de France!... Mais tu rigoles ou quoi, là?

- On n'est pas riches, tu sais... C'est tout ce que l'organisation peux t'offrir.

- Et c'est qui... Le commanditaire? On bosse pour qui?

J'avais toujours aimé savoir pour qui je travaillais avant de prendre un contrat... Histoire de rester en vie une fois le boulot terminé! Et, comme j'étais maintenant un jeune marié, je n'avais sûrement pas le goût de participer à une mission suicide et que ma petite Ariane se retrouve veuve avant même son premier anniversaire de mariage.

- Ça, c'est pas de tes affaires!... Tout ce que je puis te dire, pour te rassurer un peu, c'est que ça vient d'en haut... On a le soutien de politiques et de l'Armée... Le lieutenant Colonel Bastien-Thiry et des généraux sont du complot.

- Putain! Le colonel B-T?... Avec lui vous êtes vernis, les gars!

Le lieutenant colonel Bastien-Thiry était un organisateur de l'OAS qui avait la réputation d'être instable et affété de trouble mentaux. Merde! Un fou bon pour l'asile qui nous envoyait pour machiner le Grand général de France... Et c'était pas cher payé pour liquider un Président de la République et peut-être passer le reste de ses jours à regarder derrière son épaule. De plus, je n'aimais pas travailler avec des gens que je ne connaissais pas, et à douze hommes, ça risquait de foirer rapido... Leur petit coup d'état de mes deux!

Entre deux gorgés d'anisette, j'ai fait savoir à Max que ça ne m'intéressait plus tellement, ce genre de travail, que j'avais une femme et que je voulais passer à autre chose...

- Tu devras te passer de mes services, mon pote.

Max a paru déçu de ma réponse. Puis, il a rajouté:

- Pense-y bien, Sergent... Je suis à l'hôtel jusqu'à demain matin... Au cas où tu changerais d'idée.

Il a laissé un peu de blé sur la table pour payer les consommations et il est vite reparti. J'ai terminé mon pastis en attendant les frères d'Ariane, et je n'ai plus jamais revu le lieutenant Max de ma vie.

Quelques semaines plus tard, en soirée, j'ai entendu parler de son opération à la con! D'abord à la radio, puis le lendemain matin dans les journaux. Tout le monde ne parlait que de ça, à Marseille; l'attentat du Petit-Clamart du 22 août 1962: « Un attentat vient d'être dirigé contre le président de la République. Sa voiture a essuyé plusieurs rafales d'armes automatiques. Aucun des occupants n'a été atteint... »

Les crétins! Presque deux cents balles tirées avec seulement une quinzaine de projos qui avaient frappé la voiture présidentielle... Et en plus de tout ça, ils avaient réussi à le manquer, les imbéciles!

Je n'avais pu m'empêcher de penser que, en cette fin d'août 1962, il ne m'en aurait fallu qu'une seule pour lui régler son compte, à ce Grand général de mes fesses.

Quelques jours après l'attentat raté du Petit-Clamart, alors que j'étais attablé dans son hôtel, Antoine Guérini et Mémé, son frère, sont venus m'offrir un verre. Merde! J'étais soudainement devenu l'homme le plus populaire de Marseille, ou quoi!?!...

Eux aussi avaient entendu parler de moi et m'avaient offert un job payant à la SNCF et sur les docs du port maritime de Fos, un boulot qui consistait à voler certaines marchandises et à faire de la contrebande de cigarette et d'héroïne pour le compte de son organisation. Et comme j'étais d'origine sicilienne, il disait que je faisais presque parti de la famille, alors...

Lui aussi avait entendu parler de moi au travers de ses relations avec les Services de Renseignements, et il disait qu'une bonne gâchette comme moi complèterait magnifiquement bien son équipe marseillaise... *La French Connection!*

Les Guérini m'ont ensuite présenté un type qui disait s'appeler Lucien Sarti, un Corse, comme eux, qui allait me prendre sous son aile et m'enseigner les rudiments du métier, avait promis Mémé.

Mais à eux aussi j'avais dû leur dire que « non »... Je n'avais pas le goût de me mettre à trafiquer dans les putes et dans l'héroïne.

J'avais quitté les frères Guérini en bon terme; ils m'avaient assuré que la porte du Grand Hôtel Méditerranée me serait toujours grand ouverte, le jour où je me déciderais à travailler pour eux dans la région...

14

Après avoir végété quelques mois à Marseille, on nous a finalement envoyés dans le nord-ouest de la France, à Alençon... Nous qui étions pourtant accoutumés au climat méditerranéen d'Afrique du Nord! Et je me les suis gelées tout l'hiver dans un logement minable transformé en dortoir pour réfugiés *français,* avec les gars d'un côté et les filles de l'autre. On se chauffait avec de petits réchauds de camping; Ariane était enceinte... Je ne voyais plus aucun avenir pour nous, ici, en France.

En fin de compte, on nous a offert d'émigrer dans le pays du Commonwealth de notre choix, et, comme nous étions des francophones, nous avons choisi le Québec comme patrie d'accueil...

Notre paquebot, le Normandie, est arrivé dans le port de Québec au beau milieu de mars 1963. Le capitaine avait donné une petite fête en l'honneur de ma jeune sœur, Anna-Maria, dont c'était le cinquième anniversaire de naissance, et après sept jours passés sur une mer démontée à gerber les repas de la veille, ce fut pour ma famille et pour moi un véritable plaisir de voir apparaître, de loin, la vieille ville de Québec accrochée au bord d'une falaise: le port d'attache de notre pays d'adoption.

Lorsque nous sommes descendus sur la terre ferme, une forte déflagration nous a accueillis dans la ville. D'après ce que les habitants de la ville disaient, une boîte aux lettres venait de sauter. Les lettres avaient été expédiées au ciel avec avis de réception par des rafales printanières qui venaient du Sud-Est canadien... Signe certain, d'après les Québécois, que le beau temps était arrivé pour de bon dans ce rude coin de pays. Un artificier amateur du Front de Libération du Québec était parvenu à faire détonner ses bâtons de dynamite, avait-on appris dans le journal, le lendemain.

En descendant la passerelle, Peppé m'avait regardé avec un air hébété, et il m'avait dit:

« J'pense qu'on a mal fait de venir ici... Ça saute comme chez nous, en Algérie. On est aussi bien de s'en retourner tout de suite avant que ça se remette à péter de partout! »

Mais il était déjà trop tard pour faire marche arrière.

Nous nous sommes dirigés, presque à reculons, vers le bureau d'Immigration du Canada: « *Province of Quebec* », que c'était inscrit sur la façade! Un *Mounty* sur un petit piédestal en béton armé montait la garde. Il était vêtu d'un uniforme rouge avec un stupide chapeau scout allemand sur le chef... Il y en avait d'autres qui nous regardaient passer sur leur cheval et qui nous donnaient de la tronche.

Ça commençait mal notre aventure canadienne!

- *Hello my friends!* Bond-Joooour! *Did you folks have a good trip? No? Bah! Don't worry about the explosion... It's only a small bunch of radical frenchies. We'll send the army soon, don't you worry! Your papers, please!...* Papiii...ééé!

Peppé m'avait regardé comme s'il venait de recevoir un coup de massue sur la caboche et m'a glissé, dans l'oreille:

« J'comprends pas un foutu mot de ce qu'il dit, ce con-là! J'pensais qu'ils parlaient le français, par ici? C'est pourtant ce qu'ils disaient au bureau d'Immigration du Canada, en France. Et puis ça saute comme à Bône, ici! On aurait peut-être mieux fait d'émigrer en Australie. Au moins, là-bas... il fait chaud! »

15

Sans perdre de temps, au grand déplaisir des gens de la ville de Québec parce qu'on était des francophones et que les Québécois voulaient nous garder, le service de prise en charge des immigrants nous a tout de suite envoyés à Montréal, dans l'Ouest de la métropole québécoise. Mon frère Vincent, qui était déjà au pays depuis près de six mois, travaillait comme machiniste chez Canadair. Il nous avait déniché un aparte sur la rue Barclay, au coin de Victoria: un quatre et demi dans le quartier de Côte-des-Neiges... Mais quand on est arrivés dans l'arrondissement, ça ressemblait plus à Côte-des-Nègres.

C'était un bon départ sur notre nouvelle terre d'accueil, sauf que la plupart de nos voisins ne baragouinaient qu'une langue étrangère... Des Noirs qui ne parlaient que l'anglais!

En plus de tout ça, ma jeune soeur allait avoir des difficultés *d'adaption* dans son nouveau milieu d'accueil. En effet, en plus de faire rire d'elle à cause de son nom de famille italien quasi imprononçable, Anna-Maria se faisait souvent passer à tabac lorsqu'elle rappliquait de l'école; le plus souvent c'était avec la blouse déchirée, une natte de cheveux arrachée, le visage en sang ou simplement couverte de bleus... « *Go home!...* Retourne don' chez toi, maudite Italienne à marde! » Qu'on lui disait dans les deux langues officielles du pays.

Née en Afrique ou pas, les Noirs de Côte-des-Neiges ne l'aimaient pas vraiment, et, un après-midi, au retour de l'école, Peppé avait dû chasser à coup de pelle une bande d'adolescents du *Black Power* en train d'étouffer sa fille dans un banc de neige... Des ados qui s'en prenaient à une fillette de première année!

Giuseppe était arrivé juste à temps pour la sauver. Anna-Maria, qui n'avait pas encore six ans, à l'époque, avait déjà le visage bleu quand son père l'a sorti des congères... Putains de

Nègres! Après les Muslims d'Algérie, c'était maintenant au tour des Panthères Noires de Côte-des-Neiges de vouloir nous tuer.

Peppé s'était plaint à la police des mauvais traitements que subissait la cadette, quotidiennement, mais les flics de Montréal disaient être incapable de faire quoi que ce soit pour retrouver les agresseurs « parce que les Nègres de Côte-des-Neiges se ressemblent presque tous », avait soutenu le constable.

Comme les poulets n'allaient rien faire, Peppé s'était fait un devoir d'aller la reconduire et de la récupérer, à l'école... Il avait son canif dans une poche... Gare au premier Nègre qui allait *s'essayer* sur sa fille!

Et puis un jour, pour soi-disant nous permettre de mieux nous adapter à la vie québécoise, on a été forcés de prendre des cours d'anglais. Une dame du Ministère de l'Immigration était venue nous voir à la maison, dans la semaine suivant notre arrivée à Montréal, en affirmant que, au Canada, *fallait absolument savoir l'anglais si on voulait une bonne job.* Pourquoi nous forcer à apprendre une langue étrangère, si on était dans un pays francophone?... On ne comprenait pas!?! On pensait avoir émigré au Québec! Mais on était au Canada...

Pour moi qui parlais assez bien l'anglais pour me débrouiller et me faire comprendre, ça s'était très bien passé, et j'ai pu élever mon niveau d'anglais, surtout à l'oral. Mais pour Peppé, âgé d'une cinquantaine d'années, ce fut quasi impossible d'apprendre quoi que ce soit, lui qui pourtant maîtrisait déjà le sicilien, le français et l'arabe. Mais l'anglais, jamais de la vie: « Ça rentrait pas pantoutte », comme on disait par icitte!

Peppé s'est finalement dégoté un travail pour la ville de Montréal, sans avoir eu à *maîtriser* l'anglais. Lui qui avait été contremaître pendant plus de vingt années, qui avait déjà dirigé des chantiers de plusieurs millions de francs, érigé des bâtisses de vingt étages et même des ponts!, avait dû se contenter du travail sous-payé de manoeuvre; le *job* du gars affecté au tâches ingrates et au pic et à la pelle: l'équivalent du *water boy* au football amerloque.

Mais nous, on n'y comprenait rien à ce sport, à l'époque.

Quel affront pour un homme qui savait tout faire sur un chantier et qui aurait pu en montrer à presque n'importe qui, au Québec! Mais Peppé n'avait pas rechigné: il était heureux de simplement travailler dans son domaine et de gagner un peu d'argent pour sa famille... À cinquante ans, il allait se retrousser les manches et recommencer au bas de l'échelle.

Pour ma part, je n'avais pas réussi à me trouver d'emploi stable, même avec ma *maestria* de l'anglais, ma troisième langue seconde après le français et l'arabe, ayant oeuvré un certain temps dans la vente à commission, travail difficile qui n'était pas très payant, et je rageais de ne pas être en mesure de bien gagner ma vie et de procurer tout le nécessaire vital pour bien faire vivre ma petite famille. Ariane était enceinte; elle allait bientôt accoucher; on n'avait pas un rond devant nous; je n'avais même pas ce qu'il fallait pour régler la facture de l'accouchement... Plus de 300$! Et l'hosto qui exigeait de se faire payer en *cash* avant d'admettre Ariane à l'étage des maternités!?!... Dollars que je n'avais toujours pas et qu'il me faudrait trouver, coûte que coûte, car comme on le disait si bien à l'hôpital Sainte-Jeanne-d'Arc de Montréal: « *No money no candy!* »

Les fumiers! Ils allaient laisser accoucher Ariane sur le perron de l'établissement de santé, si jamais on ne les payait pas rubis sur l'ongle... J'étais complètement découragé!

Puis, oncle Vito, qui était en fait mon parrain, est venu nous rendre visite dans la métropole canadienne, histoire de voir si on était bien établi, à Côte-des-Neiges. Parti de sa *Nueva York* adorée, il disait avoir des affaires à régler sur la rue Saint-Laurent pour le compte de sa compagnie et avait profité du voyage pour nous faire une petite visite de courtoisie. Et c'est à ce moment-là, voyant que je n'avais pas d'emploi et que j'avais un urgent besoin d'argent, parce que la bedaine d'Ariane était sur le point d'éclater, qu'il m'a dit avoir du boulot pour moi; du travail dans mes cordes, avait-il dit... Un *job* très payant.

Ensuite, il m'a glissé à l'oreille: « *Que cosa pensi di quindicimila dollari?* ».

- Ce que je pense de quinze mille dollars? Avais-je répété!

- *Dolari americani!*

En dollars américains... Putain! ça faisait un beau paquet d'argent, tout ça, en octobre 1963.

- Et qui dois-je tuer pour mériter une pareille somme?

Je l'avais lancé à la blague, en rigolant un bon coup. Mais mon *tio* ne riait pas du tout, lorsqu'il a continué:

- J'ai quelque chose pour toi, mon filleul... Viens prendre un verre et manger un morceau avec moi... Nous en parlerons plus tranquilement devant une bonne bouteille de rouge.

Il ne voulait pas discuter de *l'affaire* devant la famille. Et c'est sans me méfier le moins du monde, car c'était tout de même mon parent, que je suis parti avec oncle Vito...

Mon *tio* a traversé la ville dans sa bagnole de location, une rutilante américaine à transmission automatique, passant par les rues Victoria, Van Horne, la Côte-des-Neiges et devant le cimetière... On a traversé le Mont-Royal pour finalement aboutir de l'autre côté de la montagne, ensuite on a pris la rue Saint-Urbain, jusqu'à Sherbrooke, puis le fameux boulevard Saint-Laurent: *la Main.* Et c'est ainsi qu'on s'est ramassés au restaurant Chez Moïshes: une grilladerie juive bien cotée de Montréal.

Dans la grande salle à manger, il y avait un petit bar et une immense machine à café espresso, des tables à quatre avec des banquettes en cuirette qu'ils appelaient des « *booths* », endroits discrets où les clients pouvaient converser en paix avec leur dulcinée. Oncle Vito a salué le type derrière le comptoir, qui lui a tout de suite donné du « Don Vito » plusieurs fois, et on a traversé la salle à manger pour aller dans un coin plus tranquille.

À mi-parcours, on s'est arrêté un instant devant la table d'un type qui avait l'air important, et l'oncle Vito m'a tout de suite présenté au *Signore* Cotroni. Le type était en train de terminer son repas, mais moi j'avais plutôt remarqué les deux gardes du corps, espèces d'armoires à glace qui me zieutaient, intensément. J'ai salué monsieur Cotroni, sans savoir qui était le bonhomme, au juste... Et le fameux Vic a dit à mon *tio,* tout bas:

« *E 'che lui è il nostro uomo?* (Est-ce que c'est lui, notre homme?) »

- *Sì! Questo è il mio figlioccio, quella che ho già parlato.* (Oui! C'est mon filleul, celui dont je t'ai déjà parlé.)

Quoi?... C'était moi, leur homme?

Et je nageais toujours en plein mystère, lorsque j'ai tendu la main au type...

Après avoir serré la pince de monsieur Cotroni, « *incantato di conoscerle* (enchanté de faire votre connaissance) », j'ai suivi mon *tio* à l'arrière de la salle à manger, et oncle Vito a vite fait de commander des *T-bones,* des spaghetti à l'ail et une bonne bouteille de rouge: un Chianti Ruffino dans une bouteille tressée avec de la paille...

Ça m'a tout de suite ramené en Sicile.

Après avoir bien mangé, on a pris un espresso et bu du Cognac - le *tio* connaissait bien mes goûts en matière d'alcool et en avait commandé une fiole, juste pour moi -, puis un type est arrivé de nulle part et s'est joint à nous... Et il s'est fait un devoir de trinquer avec moi pour vider la bouteille de Fine Napoléon du *tio*... Tout ça allait sûrement coûter un bras à mon parrain!

L'oncle Vito a vite fait les présentations; on s'est serré la main de bon coeur, ensuite on a parlé ensemble, longuement.

Lucien Rivard avait l'air d'un gars sympathique, un type jovial: il était blagueur. Et quand je lui ai demandé ce qu'il faisait dans la vie, au juste, il s'est décrit comme un petit pégreux d'origine canadienne-française qui s'était spécialisé dans la contrebande d'armes, le jeu et l'héroïne, plutôt que de « vivre une petite vie tranquille à travailler dans une shop pour des pinottes ».

Pour des pinottes?... Dans une chope! Ils parlaient un vraiment drôle de français, ces Canadiens!

Après m'avoir raconté tout ça, il avait éclaté de rire... Un rire tonitruant. Rivard, qui disait avoir des contacts dans le *milieu,* n'avait pas l'air d'un caïd: ça n'était pas un homme de main. Son arme à lui me semblait être la discrétion et l'intelligence, plutôt que les *gros bras!*

Et en le voyant, personne n'aurait pu se douter que ce type oeuvrait avec les *capos* du crime organisé des quatre coins de la planète et qu'il brassait des affaires de plusieurs dizaines de millions de dollars.

« Don Vito? Avait soufflé Rivard, est-ce de lui dont tu me parlais, l'autre jour? »

- *Si... Questo è nuestro uomo!* (Oui... C'est notre homme!)

Encore une fois le fameux: « notre homme! ».

Mais bordel! Qu'est-ce que j'avais donc de si fameux, moi? Je n'avais même pas de travail. J'étais sans argent... Presque tout nu dans la rue!

Et c'est Rivard qui m'a finalement parlé du *hit* proprement dit.

- Un *hit?*

Je l'avais répété sans trop savoir de quoi il s'agissait...

Rivard m'a fait signe de baisser le ton. Et c'est en parlant avec lui que j'ai compris que c'était ainsi qu'on appelait ce genre de boulot, « *hit* », ou pour moi un « contrat », travail qui consistait à liquider des gens pour du pognon.

Rivard riait, quand il a rajouté: « C'est le plus vieux métier du monde... Ha! Ha! Ha! Tout de suite après la prostitution! »

Lorsque le temps fut venu de m'en dire plus, le sympathique Rivard s'est tourné vers mon oncle pour lui demander la permission de continuer, et mon *tio* l'a tout de suite rassuré en lui disant « qu'il se portait garant de moi et qu'on pouvait avoir une totale confiance en ma discrétion! »

Oncle Vito avait continué son blablabla en ajoutant que j'étais un ancien para de la Légion étrangère et que j'avais déjà plusieurs *cartons* à mon actif, dont un tir à 300 mètres de distance en pleine ville d'Alger.

- Ton client sera beaucoup plus près... À moins de 250 pieds, avait coupé Rivard pour me rassurer... Même pas besoin de savoir tirer pour faire *le hit...* Je serais peut-être capable de le faire moi-même avec un tire-pois!

- Alors, si c'est si facile que ça... Pourquoi ne le fais-tu pas toi-même? Avais-je répliqué, en fanfaron.

- Heu!... C'est parce que... Heu!... J'sais pas tirer, moi...

Et comme en plus j'étais d'origine sicilienne, mon *tio* a dit à Rivard qu'on n'avait pas à s'en faire à propos de moi... Que j'étais presque *della familia* (de la famille). Et que me parler à moi, c'était *comme de parler à une tombe!*

Merde!

Même si je commençais à être de très *bonne humeur* à cause de tout cet alcool que j'ingurgitais, je n'avais pas vraiment apprécié la comparaison de mon parrain. Et c'est à ce moment précis que j'ai réalisé que, mon *tio,* en plus d'être mon parrain... C'était aussi *un* parrain! Qu'il faisait parti des capitaines de la mafia sicilienne de New York; qu'il n'était pas ici pour me rendre visite, l'enfoiré!... Il était là pour me recruter.

Rivard a continué à parler de tout et de rien pendant plusieurs minutes; des belles cubaines qu'il avait *sautées* à la Havane, du beau temps quasi perpétuel dans les Caraïbes et en Floride, des putains de communistes - qui lui avaient fait perdre une petite fortune -, de son club de nuit à Sainte-Rose...

Puis, de but en blanc, il m'a demandé si j'étais intéressé à prendre le contrat: à faire *le hit!*

- Et c'est pour quand ce... *hit?* Que j'ai dit.

- Pour très bientôt... Probablement pour le début de novembre. On a deux ou trois dates possibles, mais je n'en sais pas plus, pour l'instant. Tout ce que je peux te dire, c'est que le contrat vient de Marseille... Ce sont eux qui t'en diront plus; moi, je ne fais que recruter la bonne personne pour faire le travail... Une faveur pour l'ami d'un ami... Si tu vois ce que je veux dire.

- Et ça se passe où, ce fameux contrat?

- Ça n'est pas encore déterminé, ça non plus... Mais tout ce que je peux te dire, c'est que c'est un travail pour de vrais pros... Pour des professionnels de très haut calibre!

Mais moi je n'étais même pas *professionnel* tout court!

- Et c'est qui... Votre client?

- Aucune idée de qui ça peut être... Mais c'est sûrement un type important! Et même si je savais qui c'était, je n'aurais pas le droit de te le dévoiler. Va falloir que tu ailles à Marseille, si *la job* t'intéresse, et parler avec les Guérini... Moi, je ne suis que l'intermédiaire des Bonnano de New York, qui eux collaborent étroitement avec les familles de Chicago et de la Louisiane. Par contre, les donneurs de contrat ce sont les Guérini et...

- ... Ouais! Ouais! Je connais les frères Guérini...
- ... Non! Sans blague... T'as déjà bouloté pour eux, Jo?
- Non! Jamais travaillé pour eux... Ils m'ont déjà proposé du boulot l'année dernière, mais j'ai dû refuser leur offre.

Je n'avais pas l'intention d'élaborer sur le sujet et de lui dire que je voulais mettre cette vie-là derrière moi pour toujours.

- Bon!... Alors, va falloir que tu partes pour Marseille vers la fin d'octobre... Et tu ne seras pas de retour à Montréal avant... Hum! Décembre. Ils t'expliqueront, à Marseille, et te feront comprendre les tenants et les aboutissants... Jo? Est-ce que ce genre de contrat pourrait t'intéresser?

Il y a eu un long silence... J'avais tout de suite pensé à répondre: « Non! Fous toi le au cul, ton ton contrat! »

Une voix dans ma tête me disait de refuser... Que c'était de la pure folie! De l'inconscience! De la connerie! Puis, j'ai pensé à Ariane qui allait accoucher... À mon manque d'argent... Que je n'avais pas de boulot... Pas même d'avenir, quoi!

Et je me suis ravisé...

- C'est d'accord!... Mais j'ai des factures à payer, moi... J'ai besoin de travailler, et tout de suite! Si je prends ce contrat, j'aurai besoin d'une avance. Disons... 5,000$ maintenant. Avec le reste payable une fois le contrat exécuté... Ça peut vous aller, comme arrangement?

- Pas de problème pour moi si Don Vito est d'accord avec ce genre d'accommodement... Raisonnable! Ha! Ha! Ha! Car c'est lui qui va défrayer la note, et en *cash*. Alors...

- ... *Non vi è alcun problema* (Je ne vois pas de problème), avait dit mon parrain.

- Bon! Excellent! Alors, si tout le monde est d'accord, prépare-toi à partir bientôt. Nous, on s'occupera de la logistique... T'as un passeport en règle, Jo?... Pour sortir de Montréal?

J'ai fait signe que « oui » de la tête.

- Parfait! Dans ce cas, c'est tiguidou... Tiguidou sa slide!

Après avoir dit cela, il s'est vivement frotté les mains.

Hostia!... P'tit guidou?

Comme j'avais l'air du gars qui n'avait pas compris, il a tout de suite clarifié son propos, en disant:

- Alors, on a un *deal?*

- *Un deal?*

- L'affaire est ketchup... C'est dans le sac, quoi!... C'est OK?

Rivard parlait vraiment un drôle de français!

J'ai conclu le pacte en prenant la main tendue de Rivard: c'était comme si j'avais serré la main du diable.

Après avoir terminé la bouteille de Cognac, Rivard nous a invité à La Plage Idéale, son *dansing* situé dans la petite ville de Sainte-Rose, au nord de Montréal, mais j'ai préféré retourner à la maison dans la bagnole de l'oncle Vito; il commençait à se faire tard et je ne voulais pas inquiéter Ariane, inutilement.

Sur le chemin de retour, j'ai expliqué à mon *tio* que, comme j'avais un urgent besoin d'argent, j'allais sortir de ma *retraite* et bouloter pour lui, mais que je n'allais exécuter qu'un seul contrat pour son organisation et qu'après, lui et la *familia,* devraient m'oublier... Oublier mon existence pour toujours!

- *No problema... Sarà solo per un contratto e non più. Hai la mia parola d'onore.* (Pas de problème... Ce sera seulement pour un contrat et pas plus. Tu as ma parole d'honneur.)

Mais pouvais-je me fier à la parole d'un *mafioso* de *New York city?...* Même si le mafieux se trouvait, en plus d'être un parrain... Mon parrain!

Le lendemain matin, oncle Vito est repassé par la maison, juste avant de reprendre le chemin de l'aéroport et de son *Bro-ké-lin* adoré. Il a sorti un immense rouleau de billets de banque, bien serrés par une bande élastique, et il me l'a tendu, en disant:

« *Qui è il deposito... Riceverà il resto dopo il viaggio di ritorno!* (Voilà ton acompte... Tu toucheras le reste à ton retour de voyage!) »

- Et si jamais ça tournait mal et que je ne revenais pas... Qui s'occupera d'Ariane et de notre enfant à naître?

- *Sarà come se fosse mia figlia e mio figlioletto!* (Ça sera comme si c'était ma fille et mon petit fils!)

On s'est donné une longue accolade, avec les bisous sur les joues et tout le reste, ensuite mon *tio* est parti sans rajouter un mot de plus...

J'avais finalement trouvé du travail. Mais quel travail! Un boulot qui consistait à tuer des gens! Cependant, je n'ai jamais divulgué à quiconque la vrai nature du job que je m'étais déniché... Ni à Ariane ni à mon père.

16

Finalement, Ariane a accouché vers le milieu d'octobre à l'hôpital Sainte-Jeanne-d'Arc de Montréal et j'ai été en mesure de tout payer avant son admission. *Cash!* L'accouchement n'avait pas été trop difficile pour Ariane - quelques heures de contactions et elle l'avait pondue vite fait! -, et la nouvelle maman se portait bien après la mise au monde. Notre fille aussi. J'étais heureux. J'avais du fric plein les poches... Et j'étais maintenant un papa!

Quand ma dulcinée m'a demandé d'où provenait tout cet argent, je lui ai répondu que j'avais déniché un travail payant dans une firme d'import-export et que je représentais maintenant une compagnie qui importait de l'huile d'olive, au Québec; que l'entreprise avait son siège social à Marseille et que je devrais très bientôt retourner en France pour y faire un *training* d'au moins un mois pour y apprendre à brasser de grosses affaires pour compte de la société; qu'elle ne devait s'inquiéter de rien: on ne manquerait pas d'argent de sitôt.

Je suis allé à la succursale de la banque City and District de Côte-des-Neiges, sur la rue Van Horne, et j'ai ouvert un compte d'épargne au nom d'Ariane et déposé deux mille dollars. Le reste de l'argent, je l'avais caché dans un bas enfoui dans une vieille boîte à soulier cachée dans le placard de la chambre à coucher avec les photos de mariage et autres souvenirs de vie commune qu'Ariane avait pu ramener d'Algérie.

À la fin d'octobre, quelques jours avant l'Halloween, Rivard Lucien a fait paraître une petite annonce classée dans la section « Divers à Vendre » du journal Montréal-Matin: Billet d'avion pour Jo. Veuillez contacter le (514) 636-6366.

J'ai récupéré le billet dans un café de la petite Italie, sur le boulevard Saint-Laurent: un aller retour Montréal-Marseille sur Air France de même qu'une enveloppe brune contenant 500$

USD pour mes dépenses personnelles. À même les coupures de vingt, il y avait une petite note écrite à la main et qui disait: *Buona fortuna!* (Bonne chance!) Elle était signée: V.C.

J'ai supposé que V.C c'était pour Vic Cotroni et que monsieur Cotroni voulait me souhaiter « bonne chance! » dans mon nouveau travail.

Napoléon, lorsqu'il était temps de choisir un général, disait toujours: « Fort bien, mais a-t-il de la chance? » Car il savait très bien que, sur le champ de bataille, il y avait toujours des imprévus, et que pour gagner une guerre, un combat ou une escarmouche, fallait aussi avoir la chance de son côté.

J'espérais en avoir, moi aussi, même si je n'avais été que sergent... et lui un général!

J'étais parti pour la France avec les bons mots du *Padrino* de Montréal, et pourtant, j'avais le coeur gros comme ça! J'allais abandonner Ariane et ma fille qui venait de naître pour un long mois d'absence, au minimum... Sans même savoir si je les reverrais, un jour. C'était le même sentiment que j'avais éprouvé auparavant quand notre capitaine du Premier REP nous envoyait en mission suicide dans un djebel quelconque d'Algérie pour faire sortir des terroristes fellaghas de leur nid... Et qu'on ne savait pas si on allait s'en sortir vivants.

On m'envoyait peut-être tout droit à la casse, une autre fois.

Cependant, je ne pouvais plus faire marche arrière. Il me fallait maintenant aller de l'avant et *gagner* l'argent que mon parrain m'avait déjà avancé pour le contrat. Mon sort était déjà scellé... C'était les dieux qui allaient décider de ma bonne fortune!

17

Quand je suis arrivé à Marseille, j'ai tout de suite pris un taxi en direction du Grand Hôtel Méditerranée. Dehors, il faisait beau. C'était l'air méditerranéen qui, une fois de plus, caressait mon visage... Le climat où j'avais passé toute ma vie!

Les Guérini m'ont offert leur hospitalité comme lorsqu'on ouvre la porte de sa maison à un ami de longue date, et on s'est tout de suite donné une chaleureuse accolade. On a jasé de tout et de rien pour briser la glace, puis on a pris l'escalier qui menait au deuxième étage de leur domaine. Et c'est dans leur petit bureau que j'ai pu en savoir plus sur le fameux contrat...

Antoine Guérini a tout de suite sorti une bouteille de pastis et des verres, pendant que moi j'ouvrais les hostilités le premier:

« Et c'est quoi ce putain de contrat? » Avais-je demandé avec empressement.

Mémé m'a tendu un verre de Ricard, que j'ai rempli d'eau, pendant qu'Antoine Guérini dévoilait le programme:

- T'inquiète, Jo! C'est du beau boulot. C'est un travail pour trois tireurs de qualité.

- Trois?... Bordel! Mais vous ne rigolez pas, à Marseille!

Et j'ai tout de suite pensé à l'attentat du Petit-Clamart qui avait foiré... Ça m'a tout de suite donné froid dans le dos.

- Trois tireurs d'élite...

- ... Et en feux croisés, s'il vous plaît! Avait rajouté Mémé.

- Bon! Bon! Trois tireurs d'élite... C'est d'accord! Avais-je chantonné, en insolent. Et c'est qui votre client?... Le carton?

- Un politicien... *important!*

- Un politicien?

- Ouais! C'est un contrat *très* important! Avait souligné Mémé.

- Et ça va se passer où, à Marseille, votre petite sauterie?

Putain! On voulait me faire liquider cet enfoiré de de Gaulle une nouvelle fois! Et comme j'avais dû me rendre dans le midi de la France...

- Non!... Ça n'est pas en France que ça va se passer, mon jeune ami...

- ... C'est un contrat à l'étranger.

- À l'étranger, vous dites? Où ça?... Une république de bananes?

J'avais pensé à l'Afrique et qu'on voulait rayer de la carte un petit dictateur de mes deux!... Algérien! Avais-je souhaité.

- Non! Ça rime avec Afrique, mais c'est en Amérique...

- ... En Amérique du Nord! Avait coupé l'autre frère.

- Putain! Un politicien d'Amérique du Nord?... Mais qui?... Un ministre?... Un congresman?... Un sénateur?

- Non! Plus haut que tout ça...

- ... Plus haut?

J'ai pâli avant que Guérini ne complète sa réponse. Lui était tout sourire et essayait de prolonger l'effet, comme lorsqu'on annonce un exploit hors du commun dont on serait l'auteur.

- ... La plus haute des légumes!

Oh! Merde. J'ai vu ma vie défiler en accéléré... Leur fameux contrat, c'était de dégommer le Président des États-Unis d'Amérique. Putain!... J'allais faire partie d'une mission suicide et aller tout droit en enfer! Merde et re-merde! « Mais que diable allait-il foutre dans cette galère? » Aurait sûrement dit Molière.

J'ai essayé de cacher cet instant de frayeur, et, après avoir bu une gorgée d'anisette pour me ressaisir, comme si je tenais à faire passer la couleuvre qu'on me forçait à avaler, j'ai été en mesure d'ouvrir la bouche et de demander, tout hésitant:

- Et... Hum!... Où s'exécutera le contrat, au juste?

- Bonne question, Jo!... Très bonne question!... Possiblement en Floride... Ou ce sera peut-être au Texas? Ça dépendra de...

- ... Ils viennent tout juste de manquer leur mec à Chicago, avait rajouté le frère de l'autre, et le coup a foiré parce qu'un des gars s'est fait coincer par le FBI avec les armes... Un agent du renseignement américain aurait balancé l'un des tueurs juste avant que nos amis de Chicago ne puissent finaliser leur coup, et ce n'est qu'après que la police a trouvé le nid des *snipers.*

Mémé avait prononcé le mot anglais « *sniper* » à la française... Ça sonnait comme: vipère... « Sni-pè-re! »

J'ai eu de la difficulté à réfréner un rire, malgré la gravité de la situation. Puis, j'ai continué:

- Mais c'est très risqué, ça, comme carton...

- Oui! Très... C'est pourquoi vous serez trois gâchettes...

- ... Trois tueurs expérimentés... Avait renchéri Mémé pour en mettre davantage.

- ... Les meilleurs que l'on puisse trouver sur le marché! Des tireurs d'élite... Comme toi!

Après avoir surenchéri un moment avec son frangin, Antoine a levé son verre, comme s'il allait saluer un gladiateur qui allait se faire éventrer dans une arène romaine pour apaiser la colère des dieux. Romains, eux aussi! Mais qu'est-ce que j'avais bien pu leur faire pour mériter pareil sort?

J'ai levé mon « *drink* » presque à reculons; Mémé a levé le sien... Et nos verres se sont entrechoqués. Mais dans ma tête, avant même d'avoir trinqué, mes neurones avaient déjà commencé à se heurter... Ça faisait presque des flammèches!

- Et... On fait ça quand?... Ce putain de contrat?

- Vous prendrez l'avion dans deux jours pour Mexico.

Antoine avait dit le *vous* du pluriel et non pas le « vous » de politesse! Alors, j'ai compris que je partirais avec les deux autres tontons flingueurs: trois *pistoleros* pour le Mexique!

- Et c'est qui, au juste, notre commanditaire? Parce que je dois vous avouer que, là... J'suis un peu confus, moi!

J'avais pensé à mon parrain, associé à la famille Bonnano; à Cotroni, de la *familia* sicilienne montréalaise; à Rivard, qui était dans le jeu et dans la poudre avec ses amis de Montréal et de La Louisiane; et maintenant aux Guérini de Marseille!... Je ne comprenais pas tout ce qui se tramait, au juste, et exécuter un contrat sans connaître les tenants et les aboutissants... Ça n'était jamais très bon pour la santé de celui qui effectuait le travail! Et comme je n'avais pas l'intention de me retrouver dans un conteneur à déchets avec une balle dans le bide et une autre dans la tronche, j'allais essayer d'en savoir le plus possible...

- Comme tu fais *presque* parti de notre grande famille et que tu nous viens hautement recommandé par New York, je te raconte un peu... Ça nous vient de notre ami Santo Traficante, le bras droit de Carlos Marcello... Ce sont nos amis du syndicat de la Louisiane qui vont s'occuper de tout...

- ... Mais ce contrat ce n'est pas de son cru à lui... Traficante n'a jamais eu les roustons pour faire ça tout seul! Avait éructé Mémé.

- ... En effet!... En effet! C'est un contrat qui vient de plus haut, encore... De beaucoup plus haut!

- Il a de puissants appuis, ce Marcello!

- Ça lui vient de politiques américains et des grands du monde de la finance, de l'armement et du pétrole. Ce sont eux qui veulent absolument se débarrasser de notre *client...* Une question de vengeance et d'argent, m'a dit Carlos, sans trop s'approfondir sur le sujet... Car beaucoup de *familles* ont perdu une petite fortune à Cuba, si tu vois ce que je veux dire...

- ... Et c'est aussi une question de gonzesses! Avait coupé l'autre.

- De gonzesses?

Je l'avais répété, très surpris. Et je dois avouer que les Guérini m'avaient bel et bien perdu.

- Ouais! Apparemment notre carton a pilé sur les pieds d'à peu près tout le monde, aux États-Unis, et les gens du milieu sont arrivés à la conclusion que, avec le soutien des politiques et des services secrets, ça serait peut-être mieux pour tout le monde si quelqu'un s'occupait de la lui fermer une fois pour toutes... Sa sale gueule de con!

- ... Et du même coup... Ha! Ha! Ha!... La fermeture éclair de son pantalon! Ha! Ha! Ha! Hum!... Parce qu'en plus, il paraît que notre ami Carlos s'est fait piquer sa maîtresse par Kennedy...

- ... Mais les commanditaires tiennent absolument à ce que ça vienne d'en dehors, avait rajouté Antoine. Pour brouiller les pistes...

- ... Au cas où? Avait renchéri Mémé.

Au cas où cette mission impossible ne foire, avais-je déchiffré... Comme l'invasion raté de Cuba!

La CIA et certains membres influents du syndicat du crime américain avaient travaillé ensemble dans le passé pour renverser Castro, à la Havane. Mais les mafieux, eux, c'était pour les casinos et pour sauver leur mise... Pas la démocratie! On avait même envoyé des équipes de tireurs d'élite pour abattre Castro... Mais toutes les tentatives de coup d'État avaient foiré, car Kennedy ne voulait pas donner les ressources nécessaires à la CIA pour faire le travail; JFK était absolument contre la manière forte pour ce qui avait trait à la présidence de Fidel Castro: il voulait faire triompher la diplomatie cubaine et non pas provoquer une Troisième Guerre mondiale avec la Russie.

Cependant, les fabricants d'armes américains - il y avait une véritable mine d'or à exploiter au Vietnam, mais Kennedy était déterminé à se désengager de ce conflit - n'avaient pas tellement aimé cette idée folle de *détente* avec les Russes. Et maintenant, moi... On allait me forcer à appuyer dessus!

- Et... Comment on s'en sort, nous, après votre attentat suicide? Ce *job,* ça n'est pas du tout ce qui était prévu au programme... Mais pas du tout! J'suis pas suicidaire, moi!

- Holà! Du calme mon jeune ami... Du calme! Tu n'as pas à t'inquiéter pour ça. C'est du travail de pros... Je te l'ai déjà dit, tout à l'heure...

- ... Pour *des* professionnels! Avait fait valoir Mémé.

- Le Syndicat collabore avec la CIA depuis longtemps. Nous, on fait parfois de petits boulots pour eux, spécialement en Afrique et en Amérique du Sud...

- ... Et même en France! Avait coupé Mémé.

- ... Et lorsqu'ils ont besoin d'un tireur d'élite...

- ... Et qu'ils ne veulent pas se mouiller...

- ... En effet. Merci, Barthélémy... Alors, pour rester net, la CIA nous refile le contrat, à nous. Tu comprends?... Ainsi, on collabore sur quelques dossiers à eux quand ça fait notre affaire, et en échange ils nous laissent faire notre petit trafic en paix.

122

- C'est du gagnant-gagnant!... J'te t'assure, Jo!

- Mais il faut l'avouer... c'est la première fois qu'on nous propose de travailler sur un dossier d'une telle envergure...

- ... Et en sol américain! Avait complété Mémé.

- Et c'est qui... Les deux autres professionnels? Ceux avec qui je dois bouloter?

Je l'avais demandé, histoire de savoir avec qui j'aurais le plaisir d'aller à la casse.

- Deux anciens du SAC (Service Action Civique fidèle à de Gaulle). Tu vas partir pour le Mexique avec eux...

- ... Avec Lucien Sarti et son collègue et ami de toujours: « le Beau Serge », avait dit Mémé. Tu connais Lucien, non?... Je te l'ai déjà présenté à au moins une occasion.

Mémé m'avait servi un autre verre de Ricard pour m'aider à faire passer tout ça.

- Ouais! Ouais! J'ai déjà rencontré Sarti à une ou deux occasions... L'autre... Je n'en ai qu'entendu parler... Je ne le connais que... Hum! De réputation.

- C'est l'un de nos hommes de confiance... Tu n'as pas à t'inquiéter pour le Beau Serge. Il est avec nous à 100%.

Merde! Travailler avec ces gens-là ça risquait de faire des étincelles...

Lucien Sarti et le Beau Serge, c'était deux pégreux qui avaient collaboré étroitement avec les barbouzes du Général de Gaulle, en Algérie, et qui avaient la réputation d'être des fous dangereux; plus particulièrement Sarti qui, lui, en plus d'être complètement cinglé, était capable d'à peu près n'importe quoi!

Sarti avait la réputation de prendre des risques... De gros risques! C'était le genre de type avec le doigt toujours sur la gâchette: même les Guérini se méfiaient de lui. Ils travaillaient ensemble et ils lui refilaient parfois des contrats, mais ils en avaient peur... Peur de se faire buter par lui! C'est la raison pour laquelle ils ne voulaient jamais rester seuls avec Sarti.

Le Beau Serge, lui, en plus d'avoir assassiné à peu près tout ce qui pouvait l'être, avait torturé et tué bon nombre de policiers en service en Algérie, n'hésitant pas à passer par les armes les militaires hauts-gradés qui penchaient du côté de l'OAS... Chose qui ne se faisait presque jamais dans le milieu! Habituellement, un professionnel ne tuait ni les policiers, ni les juges, ni les femmes et les enfants... Jamais! C'était une règle de conduite non écrite que respectaient tous les soldats. Enfin... Tous, sauf le Beau Serge et Lucien Sarti!

Pendant la guerre civile d'Algérie, Sarti et le Beau Serge avaient travaillé pour le camp des gaullistes alors que moi, j'avais été dans l'autre avec l'OAS. On avait été des ennemis en sol algérien et je les aurais liquidés tous les deux sans aucune hésitation si on me l'avait commandé. Et maintenant... On allait nous faire bouloter ensemble sur un seul et même contrat!

- Bon! Alors, Jo... C'est assez clair, maintenant?... Après une bonne nuit de sommeil je te présenterai aux autres membres de l'équipe... C'est d'accord?

J'ai fait signe que oui, de la tête; je commençais à cogner des clous, et en plus de tout ça, à cause de la fatigue du voyage et du décalage horaire, tout l'alcool que j'avais ingurgité avec les Guérini commençait à faire son effet... En double!

J'ai tout de suite pris congé de mes hôtes: je ne voulais pas qu'ils pensent que je ne tenais pas bien l'alcool.

Comme j'étais mort de fatigue, je suis allé directement à ma chambre et suis tombé dans le lit. J'ai dormi comme une souche jusqu'au lendemain matin... L'alcool! Et c'est le toujours affable Mémé qui m'a présenté à mes équipiers à l'heure du petit-dej.

Attablés tous ensemble, on a fait connaissance en mangeant des croissants et en buvant nos cafés au lait... Coincée dans la ceinture de Sarti, le flinque enfoncé dans la fourche, la crosse d'un automatique dépassait, bien voyante, et j'ai lancé à la blague, en pointant le calibre: « Lucien... Fais attention avec ton pétard, mec... Tu pourrais te faire latter une couille si jamais tu déchargeais ton instrument de combat... Prématurément! »

Toute la table a éclaté de rire.

Mémé se tordait sur sa chaise et riait comme un fou... Antoine n'en pouvait plus! Sarti avait même craché un bout de croissant en s'étouffant, presque... Et je ne suis pas certain qu'il ait apprécié mon humour sicilien.

Par après, le Beau Serge a taquiné Sarti pendant un bonne quinzaine de minutes en lui disant des trucs du genre: « Faut faire attention à tes roupettes, Lucien... Ça pourrait décharger tout seul, ton truc... Mais fait donc attention, couillon! ».

Ensuite, il éclatait de rire aux éclats.

Sarti lui a demandé plusieurs fois d'arrêter son manège à la con, mais le Beau Serge ne voulait rien entendre et en remettait encore... « Attention! Tu vas te faire partir les couilles... »

On a bien rigolé jusqu'à ce que Lucien ne sorte de ses gonds... Et le flingue de son pantalon.

Sarti avait le regard fou et n'avait plus du tout l'envie de rire, et, par dépit, il a collé le canon de son pétard dans l'entrejambe de son collègue et meilleur ami qui, lui, se tordait toujours de rire sur son siège:

« Si t'arrête pas tout de suite, mon coco, tu risques de te faire enculer par un gros calibre... Tu saisis? Écarte un peu les fesses, pour voir un peu... »

On s'est tous regardés... Sidérés! Le chien du flingue était levé, prêt à faire feu: Sarti avait même enlevé le cran de sûreté pour faire plus vrai... Avec le doigt sur la gâchette!

À table, c'était maintenant le silence... Total! Et on a tous eu peur que sa main ne se mette à trembler et que Lucien ne lui fasse un gros trou dans les burettes, et, instinctivement, j'ai fouillé dans mon dos à la hauteur de la ceinture... Mais je n'avais pas de feu sur moi. J'étais désarmé. Merde!

Sarti a rengainé son automatique, éclatant d'un rire tonitruant; et nous aussi, par effet d'entraînement, je suppose, on s'est déchaînés avec lui... Mais le Beau Serge, lui, riait jaune.

Quelle bande de cinglés!... Je faisais maintenant partie d'un ramassis de barjos qui, en plus de tout ça, était munis d'armes de poing. C'était ça... Leur putain de *French Connection!*

18

On a pris l'avion pour Mexico vers midi...

Sarti et le Beau Serge avaient de faux passeports italiens, moi j'avais gardé mon passeport français. Quand je suis arrivé devant le douanier mexicain, j'ai dit que j'étais au Mexique pour des vacances. Et le passage aux douanes s'est bien déroulé.

« *Esta aquí por la fiesta?* (Êtes-vous ici pour la fête?) » M'avait-il demandé.

- *Si!... De vacaciones.* (Oui!... En vacances.)

Mais je ne savais pas de quoi il en retournait, au juste: les Mexicains sont tellement festifs!

L'espagnol, c'était similaire à l'italien, et je n'ai pas eu trop de difficulté à me faire comprendre des Mexicains pendant mon séjour chez eux. D'ailleurs, mes deux équipiers parlaient assez bien le Castellano... Assez pour mener une conversation à bon port avec les filles! Alors, j'ai pensé qu'on n'aurait aucun problème de communication dans ce pays.

Après avoir récupéré nos valises, on est sortis, chacun de son côté, pour ne pas trop attirer l'attention sur nous. Je ne voulais pas passer pour *una tourista* dont l'art était de donner la mort, espèce de *gringo* francophone qui était venu en Amérique pour y peindre son dernier chef-d'oeuvre au fusil.

Une fois à l'air libre, on a cherché des yeux notre contact, et, pendant un long moment, on a attendu que notre type ne se manifeste... Mais il n'y avait aucune trace de notre *guide touristique* nulle part!

Alors, on a décidé d'attendre à l'ombre, car il faisait encore chaud, au Mexique, à cette période de l'année. Et on a grillé des cigarettes sans mot dire... On ne voulait pas que les gens sachent qu'on parlait une langue étrangère. Finalement, un type vêtu d'un complet-cravate crème nous a accosté.

- *Porqué estais aquí?*... (Pourquoi êtes-vous ici?)

-¿ Qué?... What?

Je l'avais dit en espagnol et en anglais.

- Code name, please?... What's the code name?

- Code name?... It's: « The Big Event », avais-je répondu dans mon meilleur anglais.

- OK. Muy bien... Acompaña me, por favor. (OK. Très bien. Accompagnez-moi, s'il vous plaît.)

On a suivi le costard clair jusqu'au débarcadère, qui servait aussi d'embarcadère, et une grosse américaine nous a cueilli près de la sortie de l'aéroport. Le chauffeur s'est empressé de prendre nos valises et de les remiser dans le coffre de la voiture, en quatrième vitesse. Une fois dans l'automobile, qui s'éloignait lentement de l'aéroport International de Mexico, notre contact nous a dit: *« My name is Diaz... How was your trip? »*

Quand Diaz s'est aperçu que mes deux équipiers ne comprenaient pas tellement l'anglais, il nous a tout de suite parlé en espagnol. Et comme Sarti était d'origine Corse et qu'il parlait couramment l'italien, on n'a pas eu de problèmes avec notre contact... Ah! Les langues latines.

Diaz nous a serré la main à tous les trois, puis il nous a refilé des flingues. C'était de vieux Colt .45 de l'armé américaine, de lourds pétards qui tiraient du 11,43 mm... Des bazookas en miniature, quoi! On en avait à la Légion, surtout les officiers, et malgré la force de frappe impressionnante de l'arme, passé une soixantaine de mètres, c'était bien difficile d'atteindre sa cible. Moi je préférais de beaucoup les pistolets qui tiraient du 9 mm Parabellum, un calibre qui était beaucoup plus précis, mais à cheval donné on ne regarde pas la bride... Et j'ai accepté mon cadeau en disant au type: *« ¡Gracias! »* (Merci!)

Sarti s'est tout de suite mis à chialer comme une gonzesse... Il voulait un Beretta 9 mm et rien d'autre. Il soutenait que le Colt qu'on lui avait remis c'était une antiquité de la Première Guerre mondiale... Il n'en voulait pas de son pétard, et puis...

Mais Diaz n'avait pas autre chose à lui donner, alors Lucien a fini par arrêter de se lamenter au bout de quelques minutes...

On nous a reconduits dans une planque cossue et on est restés bien peinard dans notre villa coloniale de Polanco, un petit village enclavé dans la mégalopole mexicaine. De larges avenues donnaient un cachet européen au quartier, avec des rues portant des noms tels que Lamartine, de Musset et Alexandre Dumas... On était presque en France, sauf pour notre air qu'on cherchait un peu, car la ville de Mexico se trouvait à plus de deux mille mètres d'altitude... Et en plus, il y avait la pollution!

Comme on avait reçu l'ordre de ne pas attirer l'attention sur nous, on ne sortait que le soir. En effet, Diaz venait nous chercher à la tombée, mais la plupart du temps c'était seulement pour aller manger au restaurant... Il nous était interdit d'aller dans les bars! Et, lorsqu'on l'on voulait boire de l'alcool ou de la bière, c'était seulement dans notre planque qu'on avait droit de le faire. Ce cher Diaz, même s'il prétendait avoir le chef de la police de Mexico dans la poche arrière de son pantalon, avait peur qu'on ne fasse trop de vagues et qu'on ne se fasse repérer par *los federales:* la police fédérale mexicaine. Et il avait bien raison de se méfier, ce Diaz, car Sarti et le Beau Serge dans un bar... c'était un véritable tsunami!

Mes deux coéquipiers faisaient chier presque tout le temps; ils appelaient Diaz pour qu'il leur fasse venir des putes; après c'était d'autres putes, mais des plus belles encore, ou des plus grandes, ou de la poudre, ou encore plus d'alcool... Et en plus de tout ça, ils manipulaient leur pistolet sans s'assurer d'avoir bien mis le cran de sûreté. Ils le passaient devant le visage d'une poufiasse mexicaine ou le pointaient dans ma direction, complètement soûls, et surtout, ils se droguaient tout le temps!

Et moi, je n'aimais pas tellement travailler avec des camés. Je m'en méfiais comme de Barabbas dans la passion, car on ne pouvait jamais faire confiance à un toxico... Et encore moins à un drogué avec une arme de poing! Et un soir, complètement à bout, j'ai saisi le Beau Serge par le collet et je lui ai enfoncé mon automatique dans le fond de la gorge, en lui disant:

« Si tu pointes encore une fois ton pétard dans ma direction, je te bute... Enculé de ta race! »

Sa seule réponse face à ma menace avait été de vomir... Il avait dégobillé sur moi, le fumier! Alors, je lui ai confisqué son .45, puis je me suis un peu énervé avec lui et l'ai projeté rudement contre les murs à quelques reprises, histoire de me défouler un peu. Putain! Il avait dégueulé partout, l'enfoiré!

Sarti s'est mis à rire comme un fou en voyant le vomi de son ami partout sur ma chemise.

Le Beau Serge avait de la difficulté à se tenir debout, tellement il était intoxiqué, et, après avoir vidé son pétard et l'avoir lancé, lui aussi, à l'autre bout du salon, je suis allé me calmer dans la cour arrière avec une cervesa bien fraîche et une pouffiasse mexicaine.

Le lendemain matin, le Beau Serge ne se rappelait plus de ce qui s'était déroulé la veille, alors il ne pouvait pas m'en vouloir beaucoup de l'avoir projeté au sol et de l'avoir désarmé, mais moi j'en avais déjà plein mon cul de ces deux zigotos avant même d'arriver au Texas: ils avaient l'air de deux touristes venus danser le Palo Volador au Mexique.

Après avoir passé une semaine d'enfer à Mexico, Diaz nous a envoyé une bagnole avec chauffeur: c'était enfin le moment de mettre les bouts et de passer la frontière américaine, car moi je n'en pouvais déjà plus de jouer à la gardienne d'enfants avec les deux cinglés corses.

Après plus de seize heures de route pour faire le trajet de Mexico à Matamauros - on était partis à 18H00, la veille, et on avait roulé toute la nuit -, on s'est arrêté juste avant la frontière à l'heure du déjeûner. Sarti avait grand faim, mais on a décidé d'attendre un peu et de manger à Brownsville, en sol américain, histoire de voir si le fast food amerloque en valait la peine. On avait déjà notre claque des nachos, des tortillas et des tacos, et en plus de tout ça, avec leur épices de merde, les cuisiniers mexicains avaient même trouvé le moyen de rendre le poulet grillé immangeable!

Un type qui disait s'appeler Roselli, ça faisait des heures qu'il nous attendait et qu'il s'inquiétait de ne pas nous voir débarquer, disait représenter les intérêts de ses amis de Chicago.

Il nous avait chaleureusement accueilli dans sa grosse Ford poussiéreuse, immatriculée au Texas.

- *Hai fatto buon viaggio, ragazzi?... Mi presento: Roselli. Sono io che lei accompagna a Houston, poi a Dallas.* (Vous avez faits bon voyage, les gars?... Je me présente: Roselli. C'est moi qui vous accompagnerai jusqu'à Houston, puis à Dallas.)

Lucien était très heureux de pouvoir parler l'italien, moi aussi, comme ça je n'ai pas eu à me charger de la traduction simultanée pour les deux autres.

« *Qual è tuo nome?* (Comment t'appelles-tu?) » M'avait demandé Roselli.

- Jo.

- *Jo?... Jo e che?* (Jo?... Jo et quoi?)

- *Solo Jo!* (Seulement Jo!)

On a transféré les valises dans l'autre américaine. Le type qui nous avait conduit à la frontière alerloque a récupéré les Colts .45 qu'on nous avait prêtés, puis il les a vite cachés sous la roue de secours de son bolide - on avait pris le temps de les astiquer pour ne pas laisser d'empreintes -. Après avoir remercié notre chauffeur mexicain de nous avoir conduit à Matamauros, sain et sauf, on est vite partis dans la Ford de Roselli en direction de Brownsville...

On a traversé la ville de *tueurs de Maures,* enjambé une rivière, et, de l'autre côté du pont, c'était déjà la frontière américaine! On a passé le poste de douanes rapidement, des amis à Roselli, j'ai pensé, et on s'est arrêtés dans un *Diner* de Brownsville pour y casser la croûte. On a bouffé des hamburgers avec des frites graisseuses - Sarti avait fait tout un plat parce qu'il voulait consommer du vin en mangeant son burger, mais il n'y avait que du Coca Cola! -, et, une fois tout le monde rassasié, sauf Sarti!, on a pris le chemin de Houston... Six heures de route! Puis, un autre quatre heures avant de finalement arriver à Dallas, en début de nuit.

Aussitôt arrivés dans la ville des Cowboys, on s'est arrêtés dans une boîte de nuit, le Carousel Club, et c'est là qu'on a rencontré monsieur Jack Ruby pour la première fois: un type assez volubile qui disait être un très bon ami de la *familia!*

- *Anything you want, guys... Anything!*

Il l'avait répété plusieurs fois pour s'assurer qu'on ait tous bien compris, et même s'ils ne parlaient pas couramment l'anglais, Sarti et le Beau Serge se sont tout de suite tapés une artiste de la danse érotique... J'avais pensé qu'ils avaient très bien saisi les propos de monsieur Ruby ou le langage universel des clubs de nuit de Dallas... Le dollar américain! Et tout de suite après le personnel nous a traités comme des rois du pétrole.

Après avoir bu et joué un peu avec les filles, Sarti et le Beau Serge s'étaient bien fait remarqués de tous, car ils n'étaient pas du genre à partager leurs gonzesses - ils avaient fait un petit scandale lorsqu'un Texan avait osé s'approcher d'une belle-de-nuit qu'ils gardaient en réserve pour eux tout seul -, Roselli nous a reconduit dans notre planque: une maison un peu à l'écart du centre de la ville avec une belle grande cour arrière.

Mais on n'aurait pas droit d'en jouir!

- *Non si ottiene fuori di qui...* (Vous ne sortez pas d'ici...) Avait ordonné Roselli... *And especially these two, Jo! They look a little crasy to me...*

- *Yeah! Yeah!* Que j'avais dit. *Don't worry, Mister Roselli... I will keep an eye on them both.*

- *Tornando ricerca che in due giorni* (On vient vous chercher dans deux jours)... *And donotte do so-me-thing estupid!* Avait-il rajouté, en empruntant un accent italo-américain utilisé dans les films hollywoodiens.

Roselli était un grand *connaisseur* de cinéma américain, je l'ai appris par après en discutant avec lui...

Et nous on est allés se coucher en vitesse; ça faisait presque deux jours qu'on n'avait pas véritablement dormi: on était morts de fatigue!

19

Roselli, un petit *capo* de *l'Outfit* de Chicago, j'en avais eu la confirmation en parlant avec ses confrères de travail, est revenu nous voir dans les deux jours suivant notre arrivée à Dallas. Après nous avoir demandé si notre séjour s'était bien passé et si nous ne manquions de rien, j'avais dit à Sarti de se la fermer quand il a voulu ouvrir sa trappe pour se plaindre, il nous a demandé de prévoir du linge de rechange pour une petite escapade de deux jours: on allait envoyer une voiture nous chercher dans la soirée. Sarti et le Beau Serge piaffaient d'impatience... On s'en allait dans le sud de la Floride... Un vol de nuit dans le bimoteur du *padrino* de la Nouvelle-Orléans!

Peu avant minuit, monsieur Ruby est venu nous chercher. Il avait ses deux *enfants* avec lui dans la bagnole, Sheba et Clipper, deux Dachshund qui grognaient et qui sautaient dans les airs sur la banquette avant du quatre portes. Ruby en était très fier: il prétendait que c'était ce qu'il avait de plus précieux au monde.

Après quelques minutes de route, on est arrivés dans un petit aéroport qui ne se trouvait pas très loin d'où nous logions. Arrivés sur le tarmac du Red Bird Airport, situé au sud du centre-ville de Dallas, Ruby s'est tout de suite garé près d'un bi-moteurs qui attendait près d'un immense hangar: il y avait une berline qui se trouvait juste à côté de l'avion.

Roselli est sorti de la bagnole et s'est empressé de nous présenter ses deux hommes de confiance, deux Joe dont les noms de famille étaient Campisi et Civello, et un autre gars qui disait s'appeler Lee. Ruby m'a dit très bien connaître ce Lee, que c'était un ex-Marine qui s'entraînait avec un groupe anticastriste commandité par la CIA pour renverser le régime de Castro... Mais les amis de Roselli, eux, parlaient seulement de reprendre le contrôle des casinos de l'île. Lee disait avoir besoin de s'entraîner avant sa mission prochaine, une action qui devait se dérouler vers la fin de l'année, selon Ruby, et qu'il allait profiter de l'avion pour aller tirer quelques coups de feu avec nous, histoire de maintenir la forme.

Je me suis posté un peu à l'écart pour parler à Roselli, et je ne me suis pas gêné pour lui faire connaître mon état d'esprit:

- *What de fuck?... Is this some kind of fucking vacation at Miami Beach and everybody knows what we're doing here?*

- *No! No! Don't worry, Jo! Lee is with us for the long run... He knows nothing. Sweet fuck all! We've got him by the balls!*

Sur le coup, j'avoue ne pas avoir saisi l'humour cruel de Roselli... Je n'ai compris que plus tard ce qu'il avait insinué par sa boutade.

Lee Oswald me paraissait être un type sympathique, assez réservé, avec une carrure athlétique: il avait à peu près mon âge. Mais le gars ne parlait pas beaucoup. Et j'avais l'impression, en le voyant aller, qu'il n'était là que pour espionner... Nous espionner! Il était aux antipodes de Jack Ruby qui, lui, n'arrêtait pas de jacasser comme une pie, un véritable vendeur de voitures usagée, ce Jack Ruby, et, à voir agir Lee, les mots *Secret Service* me sont venus à l'esprit. Mais je ne comprenais pas encore ce que foutait ce type avec nous...

Roselli nous a répété, mais en italien, pour que les autres ne comprennent pas ce qu'il avait à nous dire, de ne pas discuter de notre mission *spéciale* avec quiconque, et tout spécialement devant Lee: « *Non dice una parola circa la missione... Lee, lui, non sa niente... Capice?* (Ne dites pas un seul mot à propos de la mission... Lee ne sait rien... C'est compris?) »

On a promis de ne rien divulguer et j'ai juré « qu'on serait tous muets comme des huîtres! »

- Comme une taupe, avait renchéri le Beau Serge.

- *No! Come una tomba...* (Non! Comme une tombe...)

Roselli a souri... Ça! C'était du Sarti tout craché.

Et c'est dans l'avion que j'ai fait connaissance avec David Ferrie, un type qui disait être le pilote personnel de Carlos Marcello, le parrain de la mafia de la Louisiane et du Sud des États-Unis.

Ferrie avait la quarantaine, n'avait pas de sourcils et portait une espèce de perruque ou de ridicule toupet sur la tête, mais je n'ai su que plus tard que c'était à cause d'une étrange maladie du système pileux, l'alopecia, qu'il portait des postiches et qu'il se crayonnait en noir en haut des orbites pour se dessiner de faux poils sur les arcades. Après avoir vite fait connaissance avec notre pilote, l'avion a décollé en souplesse, et on a pris la direction de Miami. Lee et Roselli faisaient aussi parti du voyage, mais les deux Joe et Ruby étaient restés à Dallas.

Jack Ruby disait d'ailleurs avoir des trucs importants à régler... Et en plus, il y avait ses *enfants!*

Après le décollage, une fois rendus à notre altitude de croisière, Roselli a dit à Ferrie, notre pilote:

« *OK David... Let's go find these gentlemen some guns!* »

- Quoi? Qu'est-ce qu'il dit?... Qu'est-ce qu'il dit?

- Ne t'énerve pas, Lucien... Monsieur Roselli dit simplement qu'on va nous trouver des armes, c'est tout...

- Hé! Ho! Mais j'suis calme, moi!

J'ai pensé que Lucien n'aimait pas beaucoup les voyages en avion... Surtout les *petits* bimoteurs!

- T'as l'air nerveux, mon petit Lucien... Ça va comme tu veux?

- Ouais! Ça gaze! C'est que j'suis toujours un peu nerveux lorsqu'un pédé me tient par le manche à balais.

Le Beau Serge a éclaté de rire aux éclats.

Malgré son apparence peu conventionnelle, je dois l'avouer, monsieur Ferrie me paraissait être un excellent pilote; il disait même être un *pilote de brousse,* le type d'aviateur à la Saint-Exupéry qui pouvait faire atterrir un avion presque n'importe où, même lors d'un vol de nuit...

Mais ça n'a pas empêché Sarti d'avoir la frousse lorsqu'on franchissait des zones de turbulences.

David Ferrie m'a dit plus tard qu'il avait déjà été pilote de ligne pour une grande compagnie aérienne, mais que c'était dans une autre vie et qu'il s'était fait foutre dehors parce qu'on l'avait *faussement* accusé « d'activités homosexuelles » en dehors des heures de travail... Il m'avait fait un petit clin d'oeil complice. Et pendant tout le voyage, Sarti et le Beau Serge n'ont pas arrêté de se moquer et de dire des conneries à propos de notre pilote:

« Mais t'as vu la pédale aux commandes!... Qu'elle tantouze, ce mec!, avait ri le Beau Serge... Et en plus, il se fait épiler les sourcils comme une gonzesse, le connard! »

- Ha! Ha! Ha! Quelle salope, ce clown! Il est mieux de ne pas trop s'approcher de moi... Sinon, je le bute. Et vite fait!

- Attends au moins qu'on ait atterri... Ha! Ha! Ha!... Avant de le flinguer!

- *What he said?* Avait dit un Ferrie qui, lui aussi, voulait être de la partie et rire un bon coup avec les Corses.

- *Bah! Just some stupid Frenchie joke... You would not understand. You know how the Frenchies usually are...*

Je ne voulais pas me mettre à dos notre pilote, et comme personne d'autre ne comprenait le français mis à part nous trois, on ne s'est pas fait d'ennemis sur le vol.

Ferrie se doutait sûrement de quelque chose à cause des rires gras de mes coéquipiers, mais il n'a rien dit et il a enduré en silence...

L'habitude, j'ai pensé.

J'ai occupé le siège du copilote pendant un bon moment, j'aurai bien aimé être un pilote, moi aussi, et j'ai parlé avec David pendant une bonne partie du périple, et, malgré ses pratiques sexuelles divergentes - il organisait des partouses pour des hommes d'affaires du Texas avec Ruby -, Ferrie était tout de même un chic type: il était très intelligent, avait des connaissances et des idées sur tout, et il avait beaucoup d'humour.

Et c'est en conversant avec Ferrie que j'ai appris qu'il travaillait pour les Services secrets américains et pour des organisations parallèles qui voulaient renverser Castro, *Operation Mongoose* - quelle folie! j'ai pensé -, et que sa spécialité c'était de faire de la contrebande d'armes sous le couvert de la CIA entre la Floride et la Havane en plus de transporter des gens et de la poudre quand Don Marcello le lui ordonnait. À l'occasion, il effectuait même des missions pour le compte des deux camps... En même temps!

Finalement, quand je suis allé me rassoir avec mes deux équipiers, qui somnolaient sur leur siège, Lee a tout de suite pris la place que j'occupais, celle du copilote, et Oswald a conversé avec Ferrie pour le restant du vol: à les voir aller on aurait dit deux amis de longue date.

Au petit matin, on est finalement arrivés à Miami. Ah! L'odeur de la mer... Y'a rien comme l'odeur de la mer! Et en moins de deux secondes, ça m'a tout de suite rappelé Bône et les plages d'Algérie.

Après avoir pris un copieux petit-déjeuner à l'américaine, du *Canadian* bacon avec des *French* toasts et du *café américano* de Colombie, notre petit commando haïssait tout spécialement leur putain de café filtre!, Roselli nous a conduits dans une espèce de camp de fortune dans les Keys. Perdus dans les marais des Everglades, un archipel qui s'étirait vers la belle Cuba et qui mourait d'envie de la rejoindre, là où grouillaient serpents et crocodiles par milliers, des hommes s'entraînaient clandestinement à la *guéguerre*.

Quand on est arrivé sur les lieux, plusieurs exilés Cubains s'exerçaient au tir à la cible; d'autres participaient à des entraînements de style *parcours du combattant,* mais nous on était venus ici pour se trouver des armes et pour ajuster les lentilles de nos carabines haute précision.

Roselli nous a conduits à l'écart et nous a rabâché une nouvelle fois que, selon la version officielle, nous étions venus ici pour nous entraîner au tir et que c'était nous les trois *snipers* qui devions nous charger de dégommer Fidel Castro lors de l'invasion *prochaine* de Cuba, fin décembre... *The Cubain Project... Operation 40... Operation Northwoods...* Choisissez votre opération, on allait liquider le dictateur cubain!

- *What coup? Mister Roselli*, avais-je demandé, naïvement.

- *Non ti preoccupare, è solo per la vostra copertura...* (Ne vous en faites pas, ça n'est que pour votre couverture...)

- Donc, si j'ai bien compris... On fait semblant qu'on est ici pour descendre Castro, avait dit Sarti.

J'ai fait signe que oui: on était en Amérique pour liquider un président, mais s'en était un autre!

On est arrivés dans une baraque de style *toiture en feuilles de palmier,* et, sur une grande table, au beau milieu de l'abri de fortune, il y avait tout un assortiment de pistolets, de révolvers, des munitions, de même qu'une vingtaine de carabines dont plusieurs à haute précision. Sarti a zieuté un Beretta 9 mm qui traînait au milieu de la table et s'en est tout de suite emparé; le Beau Serge a jeté son dévolu sur un Browning, un autre 9 mm; moi j'ai choisi un petit Walter PP .380, un calibre équivalent au 9 mm ou au .38, et comme le pistolet était dès plus compact, l'arme me serait plus facile à dissimuler sous la chemise.

« Hé! Jo?... Sergent? Qu'est-ce que tu fous avec ce tire-pois de mes deux... Tu t'adonnes maintenant à la chasse aux papillons avec ton petit ami Ferrie? »

En plus de faire chier tout le temps, il riait de moi, l'enculé!

- T'inquiète, Lucien... Avec une balle de .380 entre les deux oeillets, le gars s'étend par terre aussi vite qu'avec du 9... Tu veux que je te fasse une petite démonstration, juste pour voir?

Le Beau Serge a tout de suite vu que je ne déconnais pas, mais Lucien avait peut-être envie de démontrer sa supériorité de tireur... Ou dc tucur!

Sarti a tout de suite levé son arme: le canon de son pétard était braqué sur moi. Je ne savais pas si son flingue était chargé ou non, mais je n'allais pas prendre la chance de me faire abattre pour le savoir. Alors, j'ai mis un *clip* dans mon Walter et fait entrer une balle dans la chambre en tirant sur la culasse. Le marteau était sorti... Restait plus qu'à enlever le cran de sûreté et mon pétard était prêt à faire feu!

- Hé! Ho! Mais on arrête les conneries, voyons... Lucien! Merde! Jo!... Bon sang! Mais on est tous des amis, non?

Les Américains ne comprenaient pas ce qu'on disait, mais ils voyaient bien qu'il se tramait quelque chose de pas très catholique. Alors, comme ils étaient très religieux, sûrement, ils se sont rapprochés pour voir ce qui allait se passer... Ils allaient assister à la messe que Sarti et moi allions célébrer!

Lucien s'est avancé, son Beretta toujours braqué sur moi... Il n'était pas du genre à reculer, oh! que non. Il avait le regard fou, vide de toute émotion, sauf peut-être la rage: il ne manquait plus que la bave aux commissures des lèvres pour compléter le tableau.

- Lucien... Mon petit Lucien... Si tu pointes ton arme sur moi, t'es mieux de l'utiliser... Sinon, c'est moi qui vais te buter. Légitime défense... Et je dormirai ce soir comme un môme!

Le Beau Serge s'est tout de suite interposé entre nous pour calmer le jeu: il avait l'air paniqué. Mais je crois bien qu'il avait encore plus peur de prendre une balle perdue dans les valseuses que de me voir étendu avec un projo dans la fourche.

- Voyons, les gars... On est ici pour bouloter ensemble!... Allez! Merde! Serrez-vous la main... Et tout de suite! Sinon, moi je ne marche plus... Putain! Mais on ne peut pas travailler de cette manière, Jo!

- C'est Lucien qui fait toujours chier... Dis-lui de baisser son arme le premier. Sinon... Je le flingue vite fait... Et toi avec lui si tu restes devant!

- *Come on, guys... What the fuck is the matter with you? We're all professionnals here...* Avait gueulé Roselli.

Et il avait rajouté, en italien: « *Così dovrebbe funzionare professionisti.* (Alors, faut travailler comme des professionnels.) *And we don't have time to fuck around with your bullshit, Jo!*

C'est compris!... C'est compris! Mais putain, ça n'était pas de ma faute à moi... Merde!

- *Sì! Ha ragione, Signore Roselli... Scusame.* (Oui! Vous avez raison, Monsieur Roselli... Excusez-moi.) *We won't do it again...* Avais-je promis.

Roselli a ensuite regardé du côté de Sarti... Qui avait rengainé son pistolet, en hochant de la tête: il avait pris un air de soumission. Mais personne n'avait l'air très convaincu de son changement d'humeur... Moi, le premier.

J'ai mis le cran de sûreté et j'ai camouflé mon flingue sous ma chemise ouverte, comme je le faisais depuis toujours lorsque je portais une arme sur moi, et j'ai coincé mon « tire-pois » entre ma ceinture et le dos. Puis, pour abaisser la tension de quelques crans, j'ai tendu une main en direction de Sarti qui, lui, hésitait toujours à la prendre... Roselli a souri, en disant:

« *Qui ci sono due galli veri, quelli!...* (Voilà deux vrais coqs que ceux-là!) *A real G.I. Joe, this Jo!* »

Et, au grand soulagement de tous, on s'est vivement serré la pince... Puis, le Beau Serge nous a fait une accolade à tous les deux... Et en même temps! Il ne manquait plus que David Ferrie et on se faisait une petite partouze sous les palmiers de la Floride...

« *A foursome!* », aurait sûrement dit Ferrie.

« *Fore!* » Aurait crié le *Golden Bear...*

- *Si fa a scegliere un'arma... I al lavoro! Si vede sul campo de tiro.* (Choisissez-vous une arme... Et au travail! On se voit sur le champ de tir.)

Roselli est sorti d'un bon pas: il était tout sourire.

Sur une table de fortune, deux feuilles de contreplaqué qu'on avait mises bout à bout sur des chevalets de bois, il y avait un peu de tout: des USM1, un vieux FN 49, des Mauser 7.62, un Musketeer II, des Mas 49, deux Mannlicher, des Endfield, deux Remington Fireball XP-100 à lunette, un Walter 43... Finalement, j'avais opté pour un model qui venait tout juste d'être mis en marché aux États-Unis: une carabine Savage modèle 10FP à verrou avec une crosse métallique rétractable - elle se pliait sur le côté pour permettre de mieux dissimuler l'arme! -. Le flingue était muni d'une lentille (2.5 X 10) et tirait du calibre 7 mm: du Winchester .270.

J'ai demandé à un type dans mon plus bel anglais, un gars qui disait s'appeler Morales, un Cubain qui avait la charge d'entraîner l'une des bandes anticastristes prête à envahir Cuba:

« *Have you got some .270 shells with 165 grain bullet?* »

Morales m'a répondu qu'il en avait, effectivement, mais qu'ici on ne les utilisait que pour la chasse à l'ours dans les montagnes du Colorado et du Dakota du Nord et que...

- *... Yeah! This is just what I need... Bullets for big game!*

Le Beau Serge a jeté son dévolu sur le tout petit Remington Fireball XP-100 à verrou, une nouvelle arme des plus compacte munie d'un télescope: sa pétoire tirait du calibre .222 avec de petites balles qui faisaient à peine 60 grains. C'était une mini carabine, en fait, de la dimension d'un très long révolver, mais qui pouvait se dissimuler aisément sous le manteau. Par contre, la pénétration et la portée de son pétard étaient assez restreintes: environ 90 mètres, au plus. Toutefois, de très près et avec une lunette de visée, c'était très précis, et comme nous devions être à moins de 100 mètres de notre cible, c'était un choix judicieux si l'on voulait passer incognito après fait feu.

D'ailleurs, le Beau Serge m'avait confié qu'il avait refusé le contrat des Guérini à au moins une occasion, que ça s'était passé en mai, car il était persuadé que *c'était du suicide!* Cependant, il s'était finalement ravisé quand il a su que son ami Sarti allait prendre le contrat et que les *mécanos* allaient bénéficier de l'aide des Services secrets américains... Et qu'on allait le payer 50,000$ pour son implication dans le projet. En poudre non-coupée, s'il vous plaît!... Ça vaudrait cinq fois plus dans la rue!

Et moi qui n'allais empocher que 15,000$ U.S. pour ma participation au *hit...*

J'allais passer pour le pauvre type du commando!

Mon *ami* Sarti avait opté pour la Mauser 7.62 mm avec lunette (2.5 X 10), un modèle que j'aimais beaucoup, moi aussi, car ultra précis: les Allemands ne faisaient pas seulement que de bonnes bagnoles et de belles blondes aux yeux bleus!

On est allé rejoindre Roselli sur le champ de tir et nous nous sommes installés dans les stands à aire ouverte. J'ai pris deux petits sacs de sable, appuyé mon arme dessus pour bien la stabiliser, et je me suis mis en position de tir couché. J'ai pris une cartouche de 7 mm, l'ai insérée dans la chambre de ma carabine américaine, puis j'ai fermé le verrou. J'ai visé une cible à 100 verges de distance, environ 90 mètres, pour nous, et j'ai tiré... Baboummm! La balle n'a qu'à peine effleurée le pourtour de la cible, bien décalée sur la gauche.

Sarti a éclaté de rire... Un rire moqueur.

Hum! J'ai pensé, alors que j'ajustais la lunette pour ramener le viseur vers la droite - trois « clic! » et ce fut vite réglé -, et mon prochain tir a touché l'intérieur du deuxième cercle... Mais c'était encore un peu à gauche et en bas du centre.

« *Not bad!* » A dit Roselli.

- Hé! Le jeune... A renchéri Sarti. Mais va falloir que tu prennes tes vitamines si tu veux me battre au tir, mon pote!

J'ai donné un autre clic vers la droite, puis un autre vers le haut, et j'ai mis la suivante dans le mille... Baboummm!

- *Excellent shooting!* A dit Morales... *Increíble! Y con solo tres ballas. Muy bien, Jo!* (Incroyable! Et avec seulement trois balles. Très bien, Jo!)

- *Gracias! Señor Morales.* (Merci! Monsieur Morales.)

Lucien est allé régler sa Mauser un peu plus loin, bien à l'écart du regard indiscret des recrues, et après avoir tiré une demi douzaine de coups pour ajuster le télescope de son allemande, il est revenu en demandant si quelqu'un voulait participer à une petite compétition de tir...

Il me regardait, intensément.

Sarti, qui ne voyait que d'un oeil, mais c'était le bon, avait la réputation d'être l'un des meilleurs francs-tireurs au monde... Même la CIA avait utilisé ses *services* en Afrique et en Amérique du Sud, et, selon la rumeur populaire qui courait dans le milieu des tueurs à gage, quand Sarti s'amenait dans un pays africain ou dans une république de banane, peu de temps après son passage, il y avait un changement de régime.

- On se fait un petit tournois, Jo? Qu'il avait proposé.

J'ai pensé qu'il voulait démontrer à tous qu'il était le meilleur tireur du régiment.

- Une compétition? J'ai répété... Entre-nous?

- Ouais! Une compétition entre G.I. Joe et moi!

Il l'avait dit haut et fort en se moquant du surnom que Roselli m'avait donné, tout à l'heure, mais personne ici, mis à part le Beau Serge, n'avait compris le pourquoi de son hurlement territorial de gorille en rut.

- Ouais! Je ne dirais pas non, Lucien... Mais seulement entre nous, car ça ne sera pas réglo pour le Beau Serge parce que sa pétoire...

- ... Juste toi et moi, G.I. Joe... C'est pour le championnat!

- Bon! OK. Ça me va... Et ce sera quoi, au juste, la mise?

- Une bonne bouteille de Cognac?... Ça t'ira?

- C'est OK pour le Cognac... Mais on joue pour une bouteille de Fine Napoléon. Et rien de moins.

Lucien m'a tendu la main.

- C'est d'acc!... Tape-là, mon pote!

J'ai empoigné la main du corse pour conclure le marché.

Roselli se demandait ce qui se passait... Et c'est Lucien qui lui a expliqué qu'on allait faire un petit concours de tir, juste lui et moi... Pour le titre de meilleur tireur du bataillon anticastriste! Et que Roselli devrait dégoter une bonne bouteille de Cognac et la remettre au vainqueur.

- *Si! Una buona bottiglia di Cognac per il vincitore* (Oui! Une bonne bouteille de Cognac au vainqueur), avait promis Roselli.

- *Grazie mille per la mia bottiglia, Senor Roselli!* (Merci mille fois pour *ma* bouteille, Monsieur Roselli!)

J'étais capable de faire chier, moi aussi, quand je le voulais.

Quand le mot s'est passé parmi les recrues cubaines et les soldats de fortune, presque tous se sont précipités derrière le stand de tir, avec plusieurs qui, déjà, faisaient des paris sur nous.

Mais ça n'était pas moi qui étais le favori pour l'emporter...

On a commencé à tirer à 200 verges, des *yards* pour les Américains, augmentant la distance de tir de 100 verges après chaque cible atteinte. On avait une balle chacun pour ajuster la mire, puis une autre pour la compétition proprement dite. Pour faire chier Sarti, lorsque j'ai visé la deuxième cible, j'ai épaulé et fait feu de la gauche, même si j'étais droitier. Sarti, qui ne voyait que d'un oeil, ne pouvait pas faire ça... Il rageait!

On a tiré jusqu'à 600 verges, car il n'y avait pas de cibles plus éloignées, réussissant tous les deux à toucher le centre au deuxième tir, qui était le seul coup de feu qui comptait vraiment.

Mais Sarti a commencé à se fatiguer de ce petit jeu, probablement parce que j'avais touché toutes les cibles en plein dans le mille, moi aussi. Alors, il a demandé à Roselli:

- *Qual è il nome di questi grandi uccelli laggiù?* (C'est quoi le nom de ces gros oiseaux, là-bas?)

- *Cormorani, penso...* (Des cormorans, je pense...)

- *Quanto vicino sono?* (À quelle distance sont-ils?)

- *1200 o 1400 iarde, almeno!* (1200 ou 1400 verges, au moins!)

- *How much is it... In meters?* Avais-je demandé à Roselli.

- *Between 1100 to 1300 meters...*

Il y avait de grands cormorans de Floride juchés sur des poteaux plantés en bordure de la mer près d'une mangrove. De leur perchoir, ces oiseaux des mers plongeaient dans l'eau pour revenir se percher avec un poisson dans le bec. En position debout et sans support aucun, Sarti a visé un volatile et... Baboummm! L'oiseau est tombé en bas de son juchoir, blessé à mort.

Les autres volatiles ont pris peur à cause du bruit, et, avec une fraction de seconde de décalage sur le corbeau de mer qui était tombé de la perche, le temps que la détonation ne parvienne à leurs oreilles, ils se sont envolés vers le littoral en criant...

Les recrues cubaines se sont mises à applaudir à tout rompre: certains exigeaient même leur gain.

- *Il tuo turno, Sergente!* (À ton tour, Sergent!)

J'aurais bien voulu tirer, mais les palmipèdes s'étaient tous envolés...

Sarti était tout sourire, sûr et certain d'avoir remporté le concours de tir... Et la bouteille de Cognac.

Environ une minute plus tard, pendant que plusieurs félicitaient Sarti pour son tir prodigieux, d'autres cormorans sont venus se jucher au même endroit. Alors, sans me presser, pendant que les recrues cubaines réclamaient leur dû aux perdants, avec mon canif, j'ai fait une petite croix sur la pointe d'une balle de 7 mm. Ensuite, j'ai inséré la cartouche dans la chambre... Ajusté la lentille de ma Savage pour une distance d'environ 1200 mètres... Évalué plus ou moins la direction du vent... Corrigé l'objectif en conséquence... Pris le temps de bien viser ma cible... Mais juste au moment de faire feu, les volatiles ont commencé à s'envoler, effrayés par le bruit d'une embarcation à moteur qui passait non loin de la petite baie tranquille.

Pendant que mon cormoran commençait à prendre son essor, il devait être à cinquante centimètres de son perchoir, j'ai visé tout juste en haut de la tête du volatile et en avant... Babounmm!

Puis, avec une fraction de seconde de décalage, la balle de calibre .270 a frappé le palmipède en plein thorax. Et là où se trouvait auparavant l'oiseau des mers, il n'y avait plus qu'un tas de plumes qui flottait dans l'air salin des Everglades... De la bouffe à crocodiles!... J'avais abattu ma cible en plein vol.

- *Incredible shooting, you guys! I wouldn't want to be in your line of site... Both of you!* Avait clamé Roselli, très impressionné par notre adresse au tir.

Il semblait fier de nous compter parmi son équipe de tireurs d'élite, mais Sarti revendiquait toujours le titre de *meilleur tireur du régiment:* il voulait savoir lequel de nous deux était vraiment le meilleur... Le gagnant! Bref, il voulait continuer à tirer.

Roselli lui a dit que ça suffisait: « *Basta!* (Assez!) » Et il a rajouté: « *Both of you are the winners of the competition!* » Et qu'il allait se charger de nous trouver une bonne bouteille de Cognac à tous les deux.

Lucien a fait un signe de la tête pour signifier qu'il était d'accord. Tous les deux... On était des champions!

Avant de repartir vers la voiture, je suis allé faire un autre tour au champ de tir, histoire de voir comment notre ami Oswald se débrouillait avec sa carabine. Le pauvre Lee avait une Mannlicher-Carcano dans les mains - une vraie pétoire de merde! -, et avait eu de la difficulté à seulement toucher le pourtour de la cible à 200 verges de distance.

Peut-être n'était-il pas vraiment doué comme tireur?... Possible. Mais j'ai pensé qu'avec une Mannlicher-Carcano un gars ne mettait pas les chances de son côté... Surtout avec une lentille japonaise de mauvaise qualité. Et lorsque je lui ai demandé « pourquoi il avait choisi la Mannlicher plutôt qu'une Mauser ou une Mas 49 », il m'a dit que c'était Morales qui avait exigé qu'il s'entraîne tout spécialement avec cette arme-là...

« *If you want my advice... »*, que je lui ai dit, « *change your Mannlicher-Carcano for a Mauser, because you'll never be able to hit anything with that shit rifle of yours!* »

Et je suis reparti rejoindre les autres, car ils me faisaient signe de revenir en vitesse... Mais je ne pense pas que Lee a pris en considération mon conseil d'ami.

20

Roselli nous a ordonné de remballer notre matos en vitesse. On s'en allait faire un autre tour d'avion. Direction: la Nouvelle-Orléans.

Lee n'est pas venu avec nous. Il est resté au campement et allait revenir à Dallas avec Morales. Et il était déjà tard en après-midi lorsque Ferrie a monté le régime des moteurs pour s'envoler vers la Louisiane. Sarti étaient radieux; le Beau Serge chantonnait comme un enfant: « Jo! On s'en va faire la fête... On s'en va faire la fête!... Dans les boîtes de nuit de la Nouvelle-Orléans! » Mais par la suite, le Beau Serge et Sarti ont été amèrement déçus quand ils ont su qu'on s'en allait à la Nouvelle-Orléans pour y rencontrer Don Marcello dans son officine du Town and Country Motel Restaurant, sur Airline Highway... Et non pas pour y faire la java dans Bourbon Street. Et c'est vers environ vingt-trois heures qu'on s'est pointé au resto du Don.

Le Town and Country Motel Restaurant était une construction *à l'américaine* de type bungalow avec un immense appentis en bardeaux d'asphalte. La brique du bâti était d'une couleur qui tirait sur le jaune cyan mélancolique, comme si les maçons avaient pris le temps de pisser sur les blocs avant de les poser. Toutes les chambres étaient disposées sur un seul niveau. À l'avant du Motel, il y avait un immense porche où les gens pouvaient s'abriter lorsqu'il pleuvait. Les voitures des clients étaient garées devant les petites unités locatives, avec en retrait, une belle grande piscine d'une quinzaine de mètres de longueur. Cependant, comme il n'y avait presque plus d'eau dedans, je n'ai jamais pu faire des longueurs... Dommage!

Don Marcello était un homme des plus souriant, du type bon vivant, qui avait débuté sa *carrière* de gangster pendant la Grande Dépression. Après avoir marié la fille de l'un des *capos* de la mafia louisianaise, dès la fin de la Deuxième Guerre mondiale, il avait vite gravi les échelons du milieu pour finalement devenir le chef incontesté de la Nouvelle-Orléans. Il se spécialisait dans le jeu, l'extorsion, les *strip clubs,* la prostitution et dans le trafic de stupéfiants, notamment dans l'héroïne avec ses amis marseillais de la *French Connection.*

Le parrain de la Louisiane n'était pas du type violent, contrairement à certains autres capos de son époque qui n'hésitaient pas à tuer pour arriver à leur fin. Carlos Marcello préférait utiliser son pouvoir et son argent pour acheter les sénateurs, les juges, la police et faire des alliances dans l'ombre, plutôt que d'attirer les feux de la rampe sur lui en tuant la compétition. Son territoire allait de la Floride au Texas... Mais son influence se faisait sentir jusqu'au Mexique, à Las Vegas et même en Californie. Comme beaucoup d'autres familles du crime organisé, le Don avait perdu une petite fortune quand Castro a renversé le régime du président Batista, à Cuba. Mais le parrain de la Louisiane avait eu d'encore de plus gros problèmes avec les Kennedy... Et plus spécialement avec Robert Francis Kennedy, le nouvel Attorney General des États-Unis, qui essayait de le coincer depuis des années et par tous les moyens, légaux ou non. Marcello disait même qu'on l'avait fait déporter au Guatemala, illégalement... Sur l'ordre exprès des Kennedy!

Il jurait sur la Bible que c'était Bobby Kennedy qui l'avait fait kidnapper par des agents secrets, lui et son avocat, Mike Maroum, et qu'on les avait lâchés du haut d'un hélicoptère en pleine jungle, non loin de la frontière avec le Honduras, avec l'espoir qu'ils ne meurent tous les deux de *causes naturelles...*

Mais Don Marcello et son comptable, après avoir erré dans la jungle pendant trois jours, s'en étaient sorti vivants... Ô! Miracle. Le Don n'avait eu que des côtes cassées et une cheville tordue lors d'une malencontreuse chute dans un ravin, et le Parrain de la Nouvelle-Orléans était finalement retourné aux U.S.A, incognito, grâce à son fidèle pilote de brousse, David Ferrie, qui l'avait ramené d'Amérique Centrale dans son bimoteur et lâché dans les Everglades, non loin de Miami. En bon aviateur qu'il était, Ferrie avait réussi à déjouer les radars américains en volant en rase-mottes et à moins d'une soixantaine pieds d'altitude pour ne pas se faire détecter, et depuis ce jour, Don Marcello ne pensait qu'à se venger des deux frères. Il ne se gênait pas pour le dire, et même à haute voix: il voulait faire assassiner les Kennedy!

Le grand patron du Bayou louisianais, surnommé « *little man* (petit homme) » à cause de sa taille réduite - il ne mesurait que 1.57 mètres -, était né à Tunis. Il avait plus ou moins le même âge que mon père et presque la même taille, aussi, et quand je lui ai dit que, comme lui, j'étais né en Afrique du Nord de parents siciliens et que mes *genitori* (géniteurs) étaient nés dans un petit village situé au sud de *Palermo,* Don Marcello m'a tout de suite traité comme si j'avais été l'un des enfants de la *familia...* Et en moins de cinq minutes on s'était trouvés des atomes crochus!

On avait réservé aux « *Frenchies* » que nous étions, les Amerloques nous appelaient ainsi, des chambres dans le petit Motel louisianais du Don, et comme Sarti et le Beau Serge étaient claqués, mais surtout très déçus de ne pouvoir aller festoyer dans les rues du Vieux Carré pour y faire la tournée des bars, j'ai pensé que l'interdiction de sortie les avait encore plus fatigués que le voyage. Et ils ont vite tiré leur révérence et pris la direction de leur chambre.

Pour ma part, comme la connexion semblait excellente entre nous, j'ai préféré accepter l'invitation de Don Marcello et faire plus ample connaissance avec lui dans le petit bureau privé du parrain de la Louisiane... Et en plus de tout ça, on avait une bonne bouteille de Cognac à savourer!

En entrant dans son officine, juste à la hauteur des yeux, il y avait une petite affiche collée sur l'un des murs, et qui disait: *Three Can Keep a Secret If Two Are Dead...* (Trois peuvent garder un secret si deux sont morts...) Ouf! Sur quelle planète étais-je tombé?

Don Marcello a souri quand il m'a vu sursauter devant sa petite « mise en garde », et, après avoir savouré mon instant de panique, il m'a fait signe de prendre un siège en face de lui.

Roselli a pris le fauteuil à côté du mien. Ensuite, toujours debout, le *padrino* (parrain) a pris un air de tragédien grec et a pointé un index en direction de la petite affiche. Puis, plusieurs fois, le doigt braqué sur moi, il a plié à répétition la dernière phalange de son index, comme lorsqu'on appuie sur la détente d'un pistolet pour en vider le chargeur sur sa cible... Moi!

« *Capice, Jo?* (Compris, Jo?) » Qu'il m'avait dit.

Après l'instant de terreur, c'était un haut-le-coeur. Et, en voyant ma réaction, Don Marcello a poussé un rire tonitruant: Roselli l'a tout de suite imité...

Même si je savais qu'il blaguait, probablement, le sang s'est comme figé dans mes veines... Je m'étais soudainement métamorphosé en petit bonhomme qui, haut comme trois pommes, entrait pour la première fois de sa vie dans une cathédrale pour y rencontrer son dieu.

Mais je n'étais pas innocent... Loin de là! Je savais bien que, dans le milieu, les gens comme mon oncle Vito et Don Marcello ne parlaient jamais de ce qu'ils faisaient; que les mafieux amenaient leurs souvenirs avec eux dans l'autre monde; et que, finalement, la meilleure façon pour Don Marcello de s'assurer que je garderais le secret, ça serait peut-être de me faire exécuter... après le contrat!

Sans le savoir, je venais de mettre les pieds dans le haut lieu décisionnel de la Cosa Nostra américaine... Un quelconque motel perdu aux fins fonds d'un Bayou de la Louisiane! Et même si le plus grand des chefs du crime organisé américain ne mesurait que cinq pieds et deux pouces, Don Marcello avait réussi à me réduire à la taille d'un poucet en moins de deux tirades! « Dans les petits pots les meilleurs onguents! » Disait souvent ma tante Titine.

Je me suis éclairci la voix, qui s'était enrouée sous le coup de l'émotion, et, finalement, j'ai réussi à articuler quelques phonèmes de manière plus ou moins intelligible:

- *Sì... Um! Ho capito, Don Marcello... Ho capito...* (Oui... Hum! J'ai compris, Don Marcello... J'ai compris...)

Par la suite, sûrement pour détendre l'atmosphère, voyant l'effet qu'avait eu sur moi sa petite mise en scène, le Don a changé de sujet et m'a parlé de la situation qui prévalait en Agérie: « *A fucking shame...* » Avait-il dit, « *... to leave a country in the hands of a band of fuckin' sand Niggars!* »

Je n'avais pas été scandalisé outre mesure par les paroles du Don, dont les affinités semblaient pencher plus du côté du Ku Klux Klan que de celui de Martin Luther King: on était dans les Bayous de la Louisiane... Dans le Sud des États-Unis!

Après avoir parlé un peu de mon parrain, à moi, le Don a finalement discuté du contrat. La bouteille de VSOP n'était qu'à moitié entamée, quand Don Marcello s'est agité sur sa chaise, et c'est alors qu'il a commencé à être plus volubile qu'il ne l'avait été en début de séance... C'était peut-être le Cognac qu'on buvait qui lui avait délié la langue ou c'est qu'il se sentait en confiance avec « son *fils adoptif* d'Algérie! » Puis, il s'est mis à raconter des trucs assez incroyables. J'avais les oreilles qui cillaient...

« *Jo! Listen to me... I want the little Irish son of a bitch killed... Do you understand? I want him killed... I want him killed now... And if I could, I would do him myself... Because the son of a bitch is a thorn in my side!* »

- But, Don Marcello, the Catholic Church teaches us that God can forgive everything... Absolutely everything!

Je l'avais lancé à la blague et surtout je n'avais pas corrigé le Don pour ce qui avait trait à la taille réelle du fameux « fils de pute irlandais » qui mesurait tout de même près de 1.82 mètres: c'était un *assez* grand « fils de pute irlandais! »

- Exactly, Jo! Exactly. God can forgive... And your job, my little Jo, is to arrange the meeting with him... Let the Irish son of a bitch meet his Maker!

- Sins do catch up with us in the end... That's what's happening to the Kennedys... Avait prêché Roselli.

On aurait dit un curé qui revenait de sa tournée paroissiale des bordels de la Nouvelle-Orléans! Et c'est après cette envolée oratoire que Don Marcello a pris la bouteille et qu'il nous a servi un autre grand ballon de Fine Napoléon.

Après avoir refait le plein, il a fouillé dans l'un des tiroirs de son bureau pour en sortir un long cigare. Il m'a offert un *puros*, mais j'ai décliné son offre et fait signe que non, me contentant de mes cigarettes. Il a ensuite coupé son havane à l'aide d'une petite guillotine, il l'a allumé, a tiré plusieurs touches pour s'assurer que la combustion des feuilles de tabac allait bon train, et, quand la petite pièce fut totalement envahie par un épais nuage de fumée pourpre, il a rajouté:

- *Jo! Puf! Pchhhh!... You've got to cut the head off the dog to stop the tail from wagging... Puf! Pchhhh!... It's that simple!*

- *But?... Don Marcello... He's the president... The president of the United States of America! How am I going to get out of there alive? All the police force is gonna to be looking for us after such a hit.*

- *Not to worry, Jo... Not to worry... Everything has been arranged*, a dit Roselli.

- *Everything?... Really? And how are we gonna get out of the city after the hit? What's the plan?*

Puis, l'air pensif, j'ai rajouté:

- Merde!... Mais j'suis pas suicidaire, moi... Bordel!

- *What's that you say, Jo?*

Je n'avais pas réalisé que je m'étais exclamé en français. Alors, j'ai dit, mais en anglais:

- *I said: I am not suicidal, for fuck's sake... Jesus Christ! Who do I have to fuck to get off that boat!*

Roselli m'a tout de suite regardé avec un drôle d'air...

- *Jo! My little Jo! Don't you worry about anything! Ferrie will fly you guys out of Dallas in a jiffy. It's all been planned... And then we'll keep you here until things cool down a bit... And later on, we'll fly you out to New York... Then to France... Questo è chiaro?* (Est-ce que c'est clair?)

Sauf que moi, en France, je n'y allais pas! Et je n'ai pas osé corriger le Don... C'était peut-être mieux qu'il pense que je retourne en France avec *les deux autres:* les Corses.

- *Cristal! So, if I understand it well, it's David Ferrie who's gonna help us escape. By plane. After the hit... Is that the plan?*

Je n'avais pas osé dire « votre plan de Nègre! », car je ne pensais pas avoir été en mesure de faire la traduction exacte même si j'avais voulu le lancer à Don Marcello, en anglais.

- *Yes! Ferrie... That homo son of a bitch is gonna to get you guys out of Dallas... You know, Jo, I cannot stand homos... Never did like them. But the guy helped me once... Big time! So... He now is on the payroll. And like it or not, Jo, he's just a homo, not a Nigger... And he and his little friends...*

- *... Ok... Got it! Don Marcello... Got the picture!*

Bon! Un vrai gars du triple K, ce Marcello! Il n'aimait ni les Nègres ni les homos... Bien noté. Mais du moment que son homo pouvait piloter un avion pour nous faire sortir de Dallas...

Le *Don* était en état d'ébriété total lorsqu'il a continué son boniment, et, sans le vouloir, j'étais devenu une *espèce* de confident involontaire... Mais je me méfiais de l'homme, car avec un parrain comme Don Marcello, on pouvait vite passer d'espèce de confident à espèce en voie de disparition.

- *... Wait a minute! Let me finish, Jo! The plan is to get rid of the top man... THE TOP MAN!... Do you understand?*

Merde! Il était complètement bourré! Alors, par respect pour l'homme, j'ai fait signe que *oui* de la tête... J'avais compris!

- *But to pull it off we had to get some nut for it... Some fuckin' crasy guy!... And I've just got the right man for the job...*

- *... Who? Sarti? Serge?*

J'ai eu peur qu'il ne prononce mon nom et que ça ne soit plus sur des oeufs que je doive marcher, mais sur des tisons ardents: « *... Me?* »

- *No! Not you, Jo!... Some crasy nut job that thinks he's working for the good guys... That queer guy named Lee!*

- *What?... Jesus Christ! Another queer?... What the fuck?*

Merde! Je m'étais ramassé dans un complot homosexuel!

- *You know?... Lee!... Ferrie's boyfriend!* A rajouté Roselli, pour aider à clarifier les choses.

- *Lee?... You mean: Lee Oswald?*

- *Yes!*

- ... The guy who couldn't shoot shit even if his life depended on it... That Lee?

*- Jo! Jo... Don Marcello is not saying that Lee Oswald is going to **actually shoot** the President...* A corrigé Roselli.

Là, je commençais à être un peu perdu... Et je dois avouer que je n'avais pas saisi toute la complexité de leur plan.

- ... No! The plan is to make it look like a Castro sympathizer killed the son of a bitch. Lee Oswald is not gonna kill the President... Lee is the patsy! A clarifié Don Marcello.

- Even better if the patsy has been trained by Naval Intelligence and is also currently working for the Secret Service... He's on their payroll, for Christ's sake!

- The Justice Department and the FBI won't be able to touch anyone after the hit since it's one of their own who will be accused of killing the President. That's the gift from the heads of the CIA! We'll supply a team of hitmen; the politicians will send their own; and the Secret Service will supervise the whole operation... Killing the president was never the problem; we could have done it a long time ago... It's not getting caught afterwards that is! This is why we needed a patsy and the help of the guys upstairs to cover it up. Do you understand, Jo?

- And on top of that, Jo, the patsy is also a communist sympathizer... It's a double wamo! The're going to pin this on a deranged nut who tried to defect to Russia, and then to Cuba. Public opinion will be on our side and every American media will be outrage by Oswald action.

- Yeah! The media... They're all in the CIA's back pocket! They'll print whatever the CIA tells them to...

Roselli m'a ensuite expliqué que les Services Secrets avaient demandé à Oswald d'infiltrer une cellule de ressortissants anticastristes qui préparait l'assassinat de Castro et *l'invasion* de Cuba... Lee était en fait un agent double qui travaillait pour Clay Shaw, alias Clay Bertrand - un autre homosexuel! et homme d'affaire influent de la Louisiane en plus d'être un opérateur de la CIA -, et de Guy Banister, un ancien haut gradé de la police de la Nouvelle-Orléans et ex-agent du FBI: un détective privé qui frayait dans les milieux anticommunistes avec la CIA et les pégreux du Sud des États-Unis. Tout ce beau monde téléguidait Oswald qui, lui, croyait être au service de la Nation. C'était de vrais enfoirés, les dirigeants des Services Secrets américains!

- Listen, Jo... As I understood it at the meeting with Hoover's friends in that Texas cocksucker's oilman mansion, the power structure of the establishment would not be displeased by the possibility of our dear President departing for a better world...

- ... And Jo, believe it or not... You're just the guy who's gonna pull it off for all of us!

- Me?... Alone?

- No! You and your Frenchy friends, of course... And some other guys, too. It's a team effort!

- But there is one condition... A rajouté Roselli.

- One condition? What is it? What's the condition?

- The top man said that he didn't want anything to happen to the little lady!

- The little lady? But... What little lady?

Je ne comprenais vraiment pas de quoi il s'agissait. Alors, pour éclairer ma lanterne, Roselli a rajouté:

- Don Marcello was referring to the First lady of the United States of America: **the little lady!**

Pas touche à la Première dame... La petite dame... *Goddam!*

Ça voulait dire que, si la dame en question se trouvait à côté du président, comme le protocole le dictait en pareille circonstance, il nous faudrait toucher la cible ou bien de face ou de derrière, mais certainement pas de côté... Ça allait compliquer les choses, car une balle pouvait atteindre la cible, la traverser de bord en bord et continuer sa course pour en atteindre une autre.

« Dommage collatéral! » Disaient notre capitaine du 1er REP. Alors, pour faire le job, je n'aurais que le choix d'utiliser une balle expansive... On disait « *dum-dum* » à la Légion.

- Have you understood your mission, my little Jo? A good sniper like you must be able to do that easily... Right?

- Sì! Don Marcello... Sarà come lo desidera. (Oui! Don Marcello... Ce sera fait comme vous le désirez.)

- Good! Excellent! Let us have another drink and celebrate « the Big Event! »

- The Big Event? But... Why that name?

*- 'Cause that's the code name they use at the CIA for this **very, very** special mission,* a expliqué Roselli.

- But here we prefer the term: « Fireworks »...

- Fireworks? You mean... Like on the 4th of July?

- Precisely! Just ask Jack Ruby... He'll tell ya.

- Yeah! Ruby... Another queer, this one! But he's a useful queer... Him and his friends from the Dallas police force! Ruby let's me know everything that's going on in the city!

Ça semblait être l'une des seules organisations criminelles au monde qui faisait de la discrimination positive pour ce qui avait trait à l'embauche de travailleurs homosexuels. Mais je n'ai vraiment pas eu le temps de pousser l'idée plus loin...

- Got it, Jo?

- Ya! Got it... Um! Would you happen to have the final itinerary of the presidential limousine?

- The final itinerary? Yeah! We have it... But what's really final about it, Jo, is that the son of a bitch is not gonna come out of Dallas alive! They've just modified the route so that the convoy passes precisely where we want it to...

- ... And the CIA got Oswald a job in Dallas... Just in the right building. A rajouté Roselli.

- Tomorrow, we'll take you back to Dallas and then we'll send our man to show you the site so you can choose your spot for the hit.

- Chiaro. Ho capito! Grazie por la buona bottiglia, Don Marcello. (C'est clair. Compris! Merci pour la bonne bouteille, Don Marcello.)

- Volio un buon lavoro, figlio mio... Capice? (Je veux du bon travail, mon fils... Compris?) *And you kill me dead that good for nothing Irish son of a bitch!*

- Cristal, Don Marcello!

Le parrain s'est levé: notre entretien était officiellement terminé. Après m'avoir reconduit à la porte, je lui ai tendu la main, mais le Don a préféré me donner une longue accolade... Il empestait le cigare, l'enfoiré! Ensuite, il a pointé un doigt en direction du mur... La petite pancarte!

- *Jo, my little Jo!... Do not forget!*

- *Ho capito, Don Marcello... Non si deve preoccupare.* (J'ai compris, Don Marcello... Vous ne devez pas vous inquiéter.)

Mais moi, je dois l'avouer, j'étais passablement inquiet. Car je n'avais aucune confiance en la parole de ce Don Marcello...

Quand Roselli m'a raccompagné vers la sortie, il a vite compris que cette entrevue m'avait quelque peu troublé. Alors, pour me réconforter un peu, il m'a dit:

- *Don't worry, Jo... Everything is going to be all right for you. You're just like family to us. I know your uncle Don Vito very well. We did some great work together in New York... And he asked me to keep an eye on you.*

- *So... You know my uncle?*

- *We're very good friends, actually...*

- *... But...*

- *... Listen to me, Jo! Let me finish... Tomorrow you'll wake up rested and you'll tell yourself that you don't give a shit about the client you're gonna hit... President or not! Because I know what kind of a guy you are, Jo, and that all your life you've been able to do the dirty work and keep secrets... Want it or not, Jo, all your adult life you've been a professional killer... It's not your fault: that's how it is! And believe me when I say to you that we have total confidence in your capabilities... And when the job is done, you'll feel good knowing that you're going back to your family... Safe and sound!... Do you understand what I am trying to tell you, Jo?*

- *Yes, Mister Roselli... Thanks.*

Super! Ils avaient tous confiance en ma capacité pour tuer des gens... *Whoopie-doo!*

Et je suis allé me coucher...

21

Le surlendemain, quand Ruby a sonné à la porte de notre planque, à Dallas, on était tous heureux d'enfin pouvoir mettre le bout du nez dehors; il était là pour nous amener en ville et pour faire le trajet officiel que devait emprunter la limousine présidentielle. Jack avait sur lui deux Kodak Instamatic 100, de petites caméras qui prenaient des clichés couleur en 35 mm. La pellicule était montée dans de petites cassettes en plastique faciles à charger: il avait six films de vingt-quatre poses chacun.

On a fait une bonne partie du trajet de la limo, et, quand on a voulu prendre des photos, Ruby nous a lancé: « *No! Not here... Wait till we get to the spot* ». On avait l'air d'une bande de touristes prêts à mitrailler Dallas au grand complet!

Jack a pris la direction du centre-ville, ensuite il est passé par Main Street, puis a tourné à droite sur Houston, et, au coin du Dallas County Records Building, il a ralenti et pris à gauche, sur Elm Street. On a pu admirer le Dallas School Book Depository, et, un peu plus loin, il s'est arrêté sur la droite dans une zone où on n'avait pas le droit de se garer, juste devant une petite butte gazonnée qu'il avait appelée: « *the Grassy Knoll* ». Et c'est à ce moment-là qu'il s'est retourné vers nous, en disant:

« *This is where you get him!* »

Ensuite, il a continué son petit laïus, en expliquant: « *The presidential car is gonna slow down here and make a complete stop for you guys: right here* ». Il avait pointé l'endroit exact, un emplacement qui se trouvait devant la butte gazonnée à la hauteur d'un panneau de signalisation et d'un escalier qui menait au parking: « *... And from that point to the overpass, he's all yours... That's your killing zone, guys!* »

Il avait dit « votre » zone payante et non pas « la » zone payante... J'en avais déduit qu'il y aurait d'autres tireurs embusqués pour nous *aider* à réaliser le contrat, mais postés ailleurs... Dans leur zone payante, à eux!

Sarti aimait bien le grand building au coin de Helm et de Houston Street, le Texas School Book Depository - on l'appelait le TSBD, à Dallas -, et prétendait que, de cette bâtisse, on pourrait avoir un tir frontal parfait alors que la voiture du président serait toujours sur Houston Street et qu'elle devrait, forcément, ralentir pour tourner à gauche, sur Elm Street. Il disait que c'était l'endroit idéal, que c'était le tir le plus facile à réaliser sur une cible en mouvement, et que c'est de là qu'il voulait tirer... Rien de moins!

Mais Jack Rudy a répliqué en disant qu'on devait absolument se positionner dans Dealey Plaza... Et nulle part ailleurs! Alors, je n'ai pas poussé plus loin ma traduction des propos de Lucien, et j'ai dit à Sarti:

- Tu ne peux pas tirer de là, Lucien... Les ordres sont de faire feu d'ici: le Grassy Knoll... Ça ne donne rien de discuter avec lui... On tire de la butte!

- On le bute de la butte?

- *What he said?* A demandé Jack Ruby.

- *Nothing important, Mister Ruby... Everything is under control. Do not worry...*

- *Excellent!... Fine! So, why the fuck is he complaining all the time like a fuckin' Primadonna?*

- *This guy is always complaining about something... You know? But, I have a question for you, Mister Ruby... Are you at least sure of the itinerary?*

- *You betcha, Jo!... Comin' strait up from the top man!*

- *How high up, Mister Ruby?*

- *All the fuckin' way up, Jo! Don't you worry about it and stop asking so many fuckin' questions!*

- *But, Mister Ruby, it's my job to worry about that kind of detail... I'am the one who's gonna be butfucked if it derails!*

Car si je ne m'en faisais pas avec ce genre de *broutille*, qui d'autre allait s'en charger, à ma place?

- So we have no choice... This is where we'll have to operate: Dealey Plaza?

- You betcha, Jo! This is your spot... And that's that!

Pendant que je faisais la traduction simultané pour Sarti et le Beau Serge, qui n'arrêtaient pas de me dire « mais qu'est-ce qu'il dit, ce putain de pédé?... » Parce qu'ils étaient tous deux pourris en angliche, Ruby a continué son explication en disant que « *the big boss had the itinerary modified at the last moment* » et que les gars des services secrets n'avaient pas tellement apprécié de ne pas avoir été consultés. Ils prétendaient que jamais ils n'auraient le temps de vérifier si le parcours était sécuritaire.

- You see the planning, Jo? You see the fuckin' planning?

Ruby avait même souri en prononçant le mot *planning,* comme si c'était lui avait *planifié* le coup d'État à lui tout seul!

Le Beau Serge était nerveux et n'arrêtait pas de se plaindre:

« Mais Lucien, tu ne te rends pas compte? Ça n'a pas de sens de travailler dans de telles conditions... On est ouverts de tous les côtés, ici... Jamais je n'aurais dû accepter de te suivre! »

Il a fait quelques pas pour s'éloigner, mais Sarti l'a retenu.

- Mais non, mais non! Du calme, Serge... C'est ouvert, ouais! Mais ça nous facilitera la fuite après avoir exécuté le contrat. Je t'assure, Serge... Qu'en penses-tu, toi, Jo?

En parlant, Sarti et moi avions commencé à prendre des photos dans Dealey Plaza, et surtout de la petite butte et de l'immense pergola, juste à côté. Il y avait derrière le mont gazonné un immense parking en terre battue avec une petite zone clôturée, bien abritée sous les arbres, et qui donnait directement sur Elm street. Un plan s'établissait dans ma tête: un tireur de face, caché derrière la clôture de bois; un autre tir frontal en bas du viaduc enjambant le boulevard; et un tir à plus ou moins 125 degrés provenant de la pergola...

Alors, j'ai avancé:

- Je pense qu'ici, finalement, c'est un bon endroit... Dans la panique générale qui va suivre la pétarade, on aura au moins trente secondes, peut-être même une bonne minute avant que la police ne réagisse... Amplement de temps pour sortir par le parking et disparaître dans la nature de l'autre côté du TSBD.

- Ça va nous prendre des silencieux, a dit Sarti... Et je veux aussi un uniforme de policier...

- Quoi?... Un uniforme de poulet?... A dit le Beau Serge. Mais t'es fou, Lucien: tu ne parles même pas l'anglais!... Et si jamais on t'interpelle après le carton... Tu fais quoi?... Hein?... J'vais te le dire, moi... Tu es cuit, et nous avec!... Alors, non! Pas d'uniforme de flic pour toi, Lucien...

- Bon! Bon! C'était juste une idée comme ça... Fais-en pas tout un plat, bordel!... Mais ça va me prendre un accoutrement...

- ... On verra pour l'habillement, que j'ai répondu. T'occupes... On va motiver Ruby à nous ouvrir tout grand sa garde-robe!

Maintenant, c'était au tour de Jack Ruby de me questionner sur ce que disaient les *Frenchies:* les Corses, eux aussi, en avaient long à raconter... Je n'arrivais pas à faire la traduction simultanée assez vite... J'étais pris entre l'arbre et l'écorce!

Ruby pensait que mes compagnons de travail voulaient se défiler; il paraissait assez anxieux, comme si la bonne marche du contrat pouvait avoir une incidence sur lui:

« *What's wrong? What the fuck is going on? They have to do the hit, Jo! Tell them they have to! They can't back down now... Otherwise, we'll all be in a major shitload of problems, man!* »

- *Why worry so much, Mister Ruby? They're just talking about the hit... About where to spot themselves.*

J'ai fait signe aux *frenchies* que tout allait bien, en levant le pouce en l'air, puis j'ai demandé au tenancier de *strip clubs:*

- *At what time is « the Big Event » supposed to occur?*

- *It's going to take place around noon... Twelve thirty at the most... Just before the president's speech at the Trade Mart Center. Why do you want to know everything, Jo? Why are you guys complaining all the time? Like a band of little girls with their panties in a bunch!*

Ruby commençait à m'énerver, car je sentais qu'il ne me disait pas tout: il nous donnait les informations au compte-gouttes... En plus de se moquer de nous! Ce contrat, c'était dangereux pour quiconque voulait sauver sa peau après avoir fait feu; et la mienne, j'y tenais plus qu'à la sienne.

« Savoir c'est pouvoir, mon fils! » Me répétait souvent papa... Alors, pour m'en sortir vivant, il me faudrait tout savoir sur ce putain de contrat... Tout! Quitte à utiliser la manière forte avec notre bon ami *Mister Ruby!*

Alors, j'ai vivement saisi Ruby par le revers de son veston, et l'on s'est parlés entre quatre yeux:

- *When I do a contract, Mister Ruby, I just need to know 4 things: What? When? How? And where? You got it, Mister Ruby? Clear enough for you, Mister Ruby?*

Et à chaque fois que je disais *Mister Ruby,* je le secouais...

Sarti a ri un bon coup; le Beau Serge, lui, il s'en foutait... Royalement!

Ruby commençait déjà à perdre de sa prestance légendaire, quand il a balbutié:

- *Roger that, Jo!*

Jack Ruby avait échappé ce terme utilisé par la police pour dire « OK, bien reçu! ». Il avait la voix éraillée et avait compris le message: on n'était pas ici en vacances!

Alors, j'ai maintenu mon emprise, le secouant toujours:

- *Don't you fuck with us, Mister Ruby!... Understood?*
- *No! No!... No fucking around, Jo... It's a Promise!*
- *Will there be other shooters?*

Je connaissais déjà la réponse à la question, mais je voulais savoir si *Mister Jack Ruby* allait jouer franc jeu, avec nous.

- *Um!... Yeah! In the big building at the corner of Elm Street and Houston: The Texas School Book Depository.*
- *Will they use rifles with sound suppressors?*
- *No! 'Cause that's where the shots are supposed to come from! The patsy is expected to have taken all the shots from the TSBD. That's the plan. So, everybody in Dealey Plaza is gonna be looking that way.*
- *Perfect! That will be a nice distraction for our getaway.*

- ... Ça va nous prendre des silencieux, Jo, a coupé Sarti... Demande à ta tantouze de nous en procurer, et rapido.

Lucien avait plus ou moins bien compris la teneur de la discussion. J'ai fait signe que oui, et j'ai continué avec Ruby:

- *We'll also need silencers for our rifles... Can you arrange this for us, Mister Ruby? Or do I need to contact Don Marcello, personally?*

Quand Ruby a entendu le nom de *Don Marcello,* il a eu un léger mouvement de recul. Mais il ne pouvait aller bien loin... J'avais toujours mes mains sur son collet!

- *Ya! No problem, Jo! No need to speak with Don Marcello. I'll be glad to take care of it for you.*

- *We'll also need to go shooting with the guys... And make sure that the silencers work well...*

- *... Yeah! Consider it done, Jo!*

- *... In a remote place... Very remote! Can you take care of this for me, Mister Ruby?*

- *I know just the place, Jo! Gimme a couple of days...*

- *... Good! Thanks for the help, Mister Ruby.*

Et j'ai relâché son veston, lissé le revers de son col pour que la veste reprenne son pli, puis j'ai dit à Sarti:

- Lucien... Faisons le tour de la place pour voir comment on peut faire le travail tout en minimisant les risques pour nous... Explorons les alentours et après on décidera où se trouvent les meilleurs perchoirs pour exécuter notre mission... Et on arrête de rechigner tout le temps devant monsieur Ruby! C'est clair?

- Ouais! C'est d'acc... Allons prendre des photos et faisons du repérage... Jo, dis donc à ton ami pédé d'aller faire un tour de bagnole... Qu'il revienne nous chercher devant la butte dans... Combien, Serge?... Une heure?... Ça t'ira?

- Une heure et demie... Minimum! Mais je te le répète, Lucien... Je ne le sens pas très bien ce putain de contrat!

Après les doléances du Beau Serge, j'ai dit à Jack:

- *Mister Ruby, we need about an hour and a half to check the place out and take pictures... Can you drop us off here and come back a little later to pick us up?*

- Betcha, Jo! I'll give you guys a couple hours to survey Dealey Plaza and take pictures. No Problem!

Puis, mal à l'aise, il m'a amené un peu à l'écart, en me tirant doucement par la manche, et il m'a glissé, à l'oreille:

- Jo?... I would appreciate if you didn't do that again.

- What's that, Mister Ruby?

Ruby a pointé le col de sa veste, en rajoutant:

- That!... Grabbing me by the collar in front of everyone and shaking me like a fuckin' dead leaf!

- Yeah! Yeah!... Got it, Mister Ruby... Got it! But in the future, so that you know, don't fuck with us... Cause you're dealing with professional killers... Don't you forget that!

- I just wanted to be treated with respect, Jo!

- Well, then respect this, Mister Ruby... 'Cause this is your fuckin' lucky day...

- ... Oh yeah?... And why is that, Jo?... I have a revolver too, just so you know...

Ruby a tapoté la poche droite de son veston pour me démontrer qu'il ne rigolait pas.

J'ai lissé son col, souriant de toutes mes dents:

- ... It's your lucky day 'cause I'm the nicest one of the three, Mister Ruby... And the only one who wouldn't want to kill you just for the fun of it! You got that, Mister Ruby?

- OK, Jo! OK! You're the nicest one of the three Stooges... Ho oh! Why din't I think of that one before! Ho oh! Ya, got it, now. Ho oh! Got it...

J'ai ignoré la remarque désobligeante de *Mister Ruby* et je ne lui ai pas expliqué que, moi, je n'aurais même pas besoin d'un révolver pour le tuer. Et j'ai décidé de laisser passer le sarcasme, car je ne voulais pas qu'il se sente encore plus humilié qu'il ne l'était déjà, en ce moment même.

- Faudra aussi faire développer les films... Demande-lui de s'en charger, Jo! Avait ordonné Sarti.

J'ai regardé Lucien de travers et lui ai dit:

« Hé! Ho! *Calma. Calmati!* (Du calme. Calme-toi!) »

- What he said?... What he said?

Je me suis retourné vers Ruby, en lui faisant signe que tout allait pour le mieux, et je lui ai demandé:

- *Mister Ruby?... Would you know of a place where we can have these films developed in a hurry?*

- *Betcha! Consider it done, Jo. I know just the place... You'll have your pictures tonight... Guaranteed! Scouts honor!*

Merde! Sur son honneur de scout... Alors, j'ai pensé que, là, on n'avait plus rien à craindre!

- *Ya! Thanks, Mister Ruby!... We'll see you later right here in a couple of hours...*

- *You got it, Jo... See you guys later.*

Lucien a continué à mitrailler le Dealey Plaza avec sa caméra; moi j'avais l'autre Instamatic en main, et, avec le Beau Serge, on est allé explorer le Grassy Knoll au grand complet.

On a suivi le parking et on a débouché sur Houston Street, à l'arrière du TSBD... Ça me semblait être l'endroit le plus propice pour une sortie discrète après avoir fait notre *hit*.

Sarti était d'accord avec moi à propos de notre plan d'évacuation, mais il disait vouloir tirer en haut du viaduc:

« C'est le meilleur endroit pour un tir de face ».

- Mais si jamais il y avait foule, Lucien... Jamais tu ne pourras tirer de là!

- On verra bien... Mais c'est l'endroit idéal pour lui en mettre une en plein dans la tronche. C'est élevé, alors la balle pourra voyager sans obstruction et passer au-dessus du pare-brise.

Le Beau Serge était songeur et faisait la tronche, lorsqu'on est redescendu du Grassy Knoll pour aller rejoindre Ruby...

Jack était garé en face de l'escalier, avec le moteur qui tournait. Il nous attendait avec ses deux chiens sur la banquette avant... Il feuilletait un journal.

22

Il était déjà tard en soirée quand Jack Ruby est venu nous rejoindre dans la planque: il avait quatre enveloppes sur lui de même qu'un plan à l'échelle de Dealey Plaza. J'ai pris la peine de débarrasser la table, mais Sarti et le Beau Serge se sont tout de suite rués sur lui comme des chiens enragés. Lorsque je les ai finalement rejoints, ils avaient déjà commencé à étaler les clichés couleurs dans la petite salle à manger.

On les a zieutés. Un bon moment. Ensuite, j'ai commencé à faire des « X » pour marquer la position de chacun sur le croquis du Dealey Plaza...

Sarti aimait toujours le site du « *Triple Underpass* », le viaduc du Stemmons Freeway et du chemin de fer sous lequel passaient trois artères principales, dont Elm Street, juste en bordure du Grassy Knoll. Il y avait un muret de soutènement en béton en bas duquel il serait facile pour un tireur embusqué de faire feu et de passer inaperçu, disait-il. Alors, Lucien a *officiellement* opté pour le viaduc du Stemmons; j'ai fait une croix pour marquer l'endroit précis d'où il devait faire feu.

Le Beau Serge était soucieux... Il disait que ça serait mieux de se positionner dans le building au coin de Elm et Houston street: le Texas School Book Depository. Et que...

« *Not again! Just forget about that fuckin' building, will ya? The boss wants you there!* » Puis, Jack Ruby a joint le geste à la parole quand il a pointé un index résolu sur la butte du Dealey Plaza. Alors, par dépit, le Beau Serge a choisi de se poster derrière la clôture de piquets de bois, au sommet de la butte gazonnée; un endroit dès plus discret d'où il pourrait tirer sans trop se faire remarquer.

Il y avait en haut du Grassy Knoll un endroit génial, une espèce d'immense pergola de ciment en forme de demi-lune dont l'une des extrémités donnait à environ quatre-vingts mètres de la rue, tout juste à l'endroit exact où devait *s'arrêter* le cortège présidentiel. À même l'espèce de belvédère arqué, il y avait un petit vestibule avec quatre ouvertures rectangulaires, espèces de fenêtres en béton armé d'où un tireur embusqué pourrait facilement faire feu sans trop attirer l'attention des passants. L'arrière de l'arceau de ciment donnait directement sur le parking, et, de là, on pouvait contourner le Texas School Book Depository pour ensuite déboucher sur Houston Street... Et se perdre dans la nature! Non seulement le site du Dealey Plaza nous permettrait un tir rapproché, mais en plus de tout cela, on avait la possibilité de quitter les lieux sans trop se faire remarquer une fois le boulot terminé; le seul bémol étant le panneau de signalisation situé à la gauche de mon perchoir qui m'obstruait partiellement la vue.

Dans de pareilles conditions de travail, et avec la vision partiellement obstruée par l'enseigne, je verrais apparaître, puis disparaître, et ensuite réapparaître à nouveau la limousine présidentielle. Puis, je n'aurais qu'une fraction de seconde pour m'ajuster, viser et tirer avant d'être complètement de côté... Et risquer d'atteindre la Première dame.

Malgré mon petit problème visuel, le Grassy Knoll semblait être l'endroit idéal pour réussir notre mission: Sarti juché sur la butte, en bas du viaduc; le Beau Serge caché derrière la clôture de piquets, et moi dans l'agora...

On aurait un feu croisé presque parfait: le président venait de remporter la Trifecta de Dallas!

***

Le lendemain, vers midi, un homme a sonné à la porte de notre planque. On était un peu nerveux avant d'ouvrir, car on ne savait pas qui ça pouvait bien être, ce type, même si Ruby nous avait averti que quelqu'un viendrait nous chercher dans la matinée pour aller au champ de tir.

J'ai entrebâillé la porte, une main dans le dos, la crosse de mon pistolet dans la paume, et j'ai dit au bougre:

- *Yes!... What's that you want, man?*

- *Hi, you guys! My name is Frank... I'm the one who's supposed to pick you up... So, let's get cracking and go target shooting!*

Sarti, lui aussi, avait son flingue en main, mais lorsque Frank a déballé son matos, des silencieux qu'il avait sortis d'un sac de toile de l'armée, le Corse s'est tout suite calmé... Et c'est à ce moment-là qu'on a fait connaissance avec notre type.

Le gars disait s'appeler Fiorini: Frank Fiorini. Il avait la fin de la trentaine, début de la quarantaine, au plus, avec des cheveux noirs collés à la brillantine et peignés par-derrière. Le bonhomme était assez costaud, bien musclé, avec le regard sévère, et disait superviser les équipes: il prétendait que c'était le grand patron qui l'avait envoyé.

Ça confirmait une nouvelle fois qu'on ne serait pas les seuls tireurs d'élite, mais pas qui était le fameux *grand* patron!

- *OK guys!... We don't have time to fuck around. So, if you please, let's go... Now would be a good time!*

On a enroulé nos armes dans de petites couvertures, pour faire une sortie discrète de notre planque, et on a vite chargé le tout dans le coffre de la bagnole. Une fois tout le monde à bord, Frank est parti en direction de Garland, au Nord de Highland Park. On a roulé un bon moment, puis Fiorini a pris à droite. Ensuite, on s'est retrouvés sur une route de campagne quasi déserte, un chemin qui ne semblait mener nulle part, et on s'est baladés un moment dans un nuage de poussière. Au bout du chemin, on est arrivés dans une petite clairière, à l'entrée d'un boisé paisible, et c'est dans ce coin perdu du Texas qu'on a pu essayer les suppresseurs.

- *Ok guys!... We're here!*

Fiorini a sorti du coffre une grande boîte remplie de pastèques. J'ai pris la caisse d'un côté, Frank a pris l'autre, et nous avons marché vers le bois.

Après avoir posé le carton au pied d'un tronc d'arbre mort, il y avait là une grosse bille couchée sur le côté, j'ai commencé à sortir les melons, un à un, et je les ai espacés sur la grosse tige ligneuse à une distance d'au plus vingt centimètres les uns des autres. Pendant que je vidais la caisse, Fiorini a fouillé dans son veston... Il cherchait quelque chose à l'intérieur de sa veste. Et, pendant un instant, j'ai cru qu'il allait sortir un flingue pour me buter.

Merde!

J'ai eu un mouvement de recul; mon sang s'est presque glacé dans mes veines, mon rythme cardiaque a monté, et j'ai gueulé:

- *Wow! What's that you're doing, man?*

Mais après, j'ai pensé que c'était ridicule de m'apeurer ainsi, pour rien, car si on avait décidé de m'éliminer en haut lieu, on attendrait sûrement que j'aie complété la mission avant de me flinguer.

Frank a sorti un crayon feutre de sa poche intérieure...

Et j'ai pu, graduellement, me tranquilliser.

- *We must make it just a little more realistic. Don't you think so, Jo?*

Et, pendant que je finissais d'étaler les melons, Fiorini dessinait des yeux, des bouches et des nez pour faire plus authentique.

J'ai finalement ri, lorsque j'ai pu admirer son oeuvre...

- *Not bad, Jo? Don't you think so?*
- *Yeah! Not bad at all, Mister Fiorini!*

Mais le scribouillage de Frank, en plus de faire plus vrai, c'était surtout utile pour viser un point précis et mieux évaluer la justesse de nos tirs.

En rebroussant chemin vers l'automobile, je me suis mis à compter mes pas... Quatre-vingt-dix, en tout. Et, après la quatre-vingt-dixième foulée, lorsque je me suis arrêté, j'ai dessiné un grossier sillon en râtelant la terre humide avec le talon de mon soulier:

« Quatre-vingt-dix mètres, les gars... D'ici! »

Et je suis allé chercher ma Savage .270.

Sarti et le Beau Serge étaient déjà prêts, leur pétoire bien en main: ils nous attendaient en fumant des cigarettes.

Fiorini a fini par ouvrir son sac à surprise, et, tel un Père-Noël qui s'y prendrait avec au moins un mois d'avance, il a distribué nos étrennes pour Noël!

- *That's for the Mauser...* Avait dit Fiorini, en passant le tube de métal mat à Sarti... *That one is for the mini gun... And this one is for you, Jo.*

- *Thank you, Mister Fiorini.*

- *You can call me Frank...*

- *OK Frank... Thanks!*

- *You know Jo, I'am a very good friend of Roselli...*

- *Oh yeah?*

- *All you Frenchies came highly recommended... Everybody in Miami was impressed by your shooting skills. They all were mesmerized with your migratory bird hunting abilities! It will be a real pleasure working with you guys...*

- *Thanks for the complement... I'll try not to disappoint you!*

- *Jo!... If you shoot as well as they say you shoot... Good God! What a day it's gonna be for the Nation!*

Je l'ai regardé un moment, sans trop savoir ce que je pouvais répondre à ça... Puis, j'ai demandé:

- *Will you be shooting with us, Frank?*

- *You mean... On the Grassy Knoll?*

- *Ya!... Will you?*

- No! Unfortunately, no! Not that I don't want to. I'll just be insuring security in the area for you guys. And make sure you get out easy and clean. Apparently, someone high up in the chain of command doesn't want anything bad to occur to you, Jo.

- Um!... It's good to know that I still have friends in high places.

- Yeah! We'll talk about everything later, on the way back... For now, let's go shooting!

Mon silencieux faisait au moins vingt-cinq centimètres de long, et en plus de tout ça, il fallait le visser sur le canon à l'aide d'une vis papillon... Avec une telle longueur au bout du canon, ça serait difficile de dissimuler mon arme après avoir fait feu: faudrait que je prenne le temps de l'enlever et perdre de précieuses secondes avant de pouvoir quitter mon lieu de travail.

Comme j'allais devoir tirer d'un angle d'environ cent vingt-cinq degrés, cent quatre-vingts étant absolument de face et quatre-vingt-dix, de côté, et qu'on avait ordre de ne pas blesser la *Première dame,* j'allais devoir opter pour une balle à fragmentation pour m'assurer que le missile ne ressorte pas de la tête du président pour ensuite aller la frapper, elle!

Mais on n'en avait pas.

Alors j'ai sorti mon canif et fait deux entailles profondes en forme de croix sur la pointe des balles de 165 grains, comme on le faisait à la Légion pour allumer les Melons récalcitrants: ceux qu'il ne fallait absolument pas rater! C'était absolument illégal, mais... Aux grands maux les grands remèdes. Ainsi rayé, le projo se fragmenterait en au moins quatre morceaux après avoir rencontré quelque chose de dur... Comme les os d'un crane présidentiel!

J'ai épaulé en position debout, visé une pastèque... Et fait feu: tac!... Le silencieux a amorti le bruit de la détonation, mais ça faisait tout de même assez de vacarme. La balle a fait un petit trou en traversant l'avant du fruit, puis la partie arrière du melon a éclaté en morceaux... *Shloouuch!*

Frank est allé inspecter les dommages que le projectile à fragmentation avait causés... Fiorini est revenu en disant qu'il y avait un trou gros comme le poing par-derrière le fruit!

J'ai éjecté la cartouche de ma carabine à verrou, mis une autre balle *dum-dum* dans la chambre, réglé, mais à peine, la lentille de ma carabine, parce que le coup était passé à quelques millimètres du nez, un peu décalé à la gauche du centre, et j'ai fait diparaître le prochain naseau et fait éclater l'arrière d'une autre pastèque: tac!... *Shloouuch!*

Un jet rougeâtre a fusé à l'arrière du fruit... Partout derrière la bille de bois il y avait de la chair pourpre!

- *Good fuckin' shooting!* M'a félicité Fiorini.

Malgré le silencieux, les détonations avaient tout de même produit un certain fracas, une espèce de bruit étouffé, mais puissant, en sortant du canon de la carabine, de même qu'un « *zooom!* » supersonique produit par la haute vélocité du projo.

Cependant, j'ai jugé que le niveau sonore était tout de même acceptable et que je pourrais passer quasi incognito après avoir fait feu. Sinon, il me faudrait enlever la moitié de la charge de poudre de mes cartouches pour réduire encore plus le bruit de la détonation. Mais je perdrais ainsi beaucoup de vélocité et de force de frappe. Alors, j'ai décidé de ne pas faire modifier les cartouches pour être sûr de tuer avec une seule balle... Car je ne n'aurais peut-être le temps que de tirer un seul coup de feu.

Sarti et le Beau Serge se sont amusés à tirer sur les melons, Lucien ayant, lui aussi, rayé ses balles pour faire éclater la partie arrière des cucurbitacées...

Lors de notre retour en voiture, Frank m'a déclaré que le « *Big Event* » ça serait pour bientôt... Très bientôt!

- *What?... The day after tomorrow, you say? And you're telling me this less then 48 hours before the hit? We're not ready, Frank... We've got to go over the plan and fine-tune it a little... Maybe make some changes... I donno, Frank? A little...*

- *... Why don't you stop arguing?... All the fuckin' time!... Let us grown ups come up with the plan... A good plan... A plan that does'nt involve mass suicide for all of us!... Is that OK, Jo?*

- Quoi? Qu'est-ce qu'il dit?... Qu'est-ce qu'il dit? A répété Sarti.

- Hum!... Frank vient de m'annoncer que... Hum! Le « Grand Événement »... C'est pour après-demain!

- Bon... Parfait! Aussi bien en finir tout de suite avec ce contrat de merde! A soupiré le Beau Serge.

- Ils nous gardent cloîtrés comme des putains de curés!... Et en plus de tout ça, la bouffe américaine est infecte!

- Et leur café filtre l'est encore plus! Ils veulent nous assassiner... Je te le jure! A rajouté le Beau Serge.

- Bon! Bon! Vous n'avez pas fini de vous plaindre?... Bordel de merde!... Vous avez l'air de deux poufiasses en manque!

- Justement, Jo... Quand Ruby va-t-il nous en envoyer d'autres?... Où sont les gonzesses qu'on nous avait promises?

Merde! C'est à croire qu'ils ne pensaient qu'à ça... Bouffer, baiser avec des putes et faire la java!

- On n'est pas ici en vacances, bordel!... On est ici pour le boulot!

- Justement, Jo! En parlant de boulot... Peux-tu demander à Frank de repasser par le Grassy Knoll? Avait demandé Sarti.

- Et pourquoi ça?

- J'aimerais qu'on aille revoir le site une dernière fois et mirer la rue du haut de mon perchoir avec ma carabine... Histoire de m'assurer que j'ai un bon angle de tir, c'est tout.

- Super bonne idée, a rajouté le Beau Serge... Une espèce de répète en direct de la butte!

Lorsque je lui ai présenté la chose, Frank Fiorini n'a pas été très en faveur de le faire. Mais Sarti a suffisamment chialé dans la bagnole pour le convaincre d'y aller...

- *Fuckin' primadonna!* Avait éructé Fiorini... *They're all the same!*

On est repassés par Houston Street. Frank a vite fait de garer la voiture dans le parking du TSBD, qui se trouvait à être le même stationnement que celui du Grassy Knoll: il allait se garer juste au pied de la clôture de bois.

Lucien et le Beau Serge ont sorti leur carabine du coffre de l'auto et ont pris le temps de fixer les silencieux. Puis, comme des tireurs d'élite en mission spéciale, ils sont allés *mirer* la rue à travers la lentille de leur carabine. Ils se positionnaient par-ci par-là, changeant plusieurs fois de site derrière la barrière de bois pour trouver la position idéale ou l'angle de tir parfait...

S'ils avaient été discrets, il n'y aurait sûrement pas eu de problème, sauf que la discrétion ça n'avait jamais fait parti de leurs moeurs, et, comme des matamores, ils se sont amusés à pointer des passants qui déambulaient sur le trottoir en faisant mine de tirer sur eux... Booouuum! Badabooouuum!

Moi j'étais resté dans la voiture avec Frank, qui soutenait toujours que c'était une très mauvaise idée d'être venu ici, car il avait peur qu'on se fasse repérer et que ça bousille le plan...

On a tout juste eu le temps de fumer une clope avant que ça ne dérape: les deux Corses avaient dû faire une connerie de trop!

Ou bien ils se sont fait dénoncer par des passants affolés qui remontaient le Dealey Plaza, vers Houston Street, ou bien c'était des patrouilleurs faisant leur ronde qui les avaient aperçus... Quoi qu'il en soit, ce qui devait arriver est arrivé, et dans les minutes qui suivirent, respectant la fameuse *loi de Murphy,* une voiture de police s'est arrêtée en bas de la butte gazonnée, sur Elm Street... Et, avec le révolver en main, deux flics sont descendus en vitesse de leur auto-patrouille pour investiguer les dires des plaintifs... Pour inspecter les lieux.

- Hey? You!... You, over there!... What you doin' up there?... Come down with your hands up!

Frank a tout de suite lâché un coup de sifflet pour faire revenir Lucien et au Beau Serge, et, dès que les deux zigotos eurent refermé la portière derrière eux, il a mis la voiture en première et a quitté le parking avec le pied collé dans le tapis.

On a réussi à sortir de l'aire de stationnement sans encombre, et Frank pensait bien nous avoir préservé du pire:

« *I think we're OK, guys!* »

Mais une autre voiture de police a surgi par derrière et nous a tout de suite pris en chasse, dès qu'on eut roulé sur Houston

Street - les autres patrouilleurs avait dû appeler des renforts par radio -, et, heureusement pour nous, Frank était un habile conducteur et connaissait parfaitement bien la ville, sinon...

Fiorini a réussi à semer les poulets en roulant comme un dingue, se faufilant entre les voitures lorsqu'il le pouvait, filant même à sens inverse quand il le devait, et, ô! Miracle, il a finalement réussi à semer les flics en passant par des rues secondaires et des ruelles. Ouf!... On l'avait échappé belle!

Sarti, affalé sur la banquette arrière, riait aux éclats comme un échappé de l'Enfer et tapait sur le dos des sièges, en s'esclaffant.

Ce type... Il était complètement cinglé!

Une fois hors de danger, Fiorini s'est retourné vers moi, très mécontent, comme si c'était de ma faute, et m'a glissé:

- *Man!... What a bad fuckin' idea that was! What the fuck is wrong with that guy?*

- *Yeah! Sorry, Frank... I should have known better.*

Puis, Sarti a sorti son 9 mm et l'a agité dans l'auto, en vociférant comme un transporté:

- Allez, Jo. On s'fait un poulet! Une police judiciaire américaine: un professionnel, comme nous! Qu'est-ce que t'en dis, mon petit Jo? J'ai le doigt qui me démange...

- *What was that?... What the fuck does he want, now?*

- *Oh! Nothing much, Frank... Sarti just said that he wanted to do an American cop. A pro, just like him!*

- *Are they really fuckin' crasy in the head, these two, or is it just me?*

- *It may be you! Or they're idiots with guns, Frank!... Idiots with guns!*

- *Well, even more dangerous! You better get a handle on your fucked-up friends, Jo... I tell you...*

- *They're not my fuckin' friends, Frank. They're just fucked up in the head... And I'm stuck with them, too!*

- *Then you better take care of your crazy dogs... Make sure they walk the line! Otherwise... I'll have to take care of the problem for you.*

- *My problem? Yeah! Shure, Frank.* **My** *crazy dogs...*
Owoooo!

Et j'ai échappé un petit rire fou, ne serait-ce que pour dérider l'atmosphère.

Mais pour prendre ce genre de contrat et travailler avec des gens armés qui, en plus, étaient mentalement instables, fallait être un peu cinglé.

Cependant, je n'avais plus tellement le choix...

Frank a desserré les dents... Mais tout le long du chemin de retour, il paraissait soucieux, et lorsqu'il s'est garé devant notre aparte, il m'a lancé:

- *Jo... I'm counting on you. Make sure your Frenchy friends do not do anything stupid before the hit. I don't want any fuckups... You got me? Otherwise, I'll just have to do them both myself... And solve their problem once and for all... Make sure you tell them, Jo... So they understand the situation they're in.*

Ouais! Ouais! Jo, fait ceci. Jo, fait cela... Putain! Mais je n'étais pas une gardienne d'enfants, moi... Et puis en plus de tout ça, c'était moi le plus jeune des trois!

- *Don't worry, Frank, I'll keep an eye on them... Especially on Lucien! For everyone's sake.*

23

Une fois le contrat exécuté, de retour dans notre planque, on a bu beaucoup d'alcool, car se taper une bonne bouteille aidait à oublier la tristesse des jours... Et les cadavres qui s'empilaient dans le grenier. Pourtant, je n'avais pas de remords pour ce que j'avais fait parce que tuer des hommes, j'avais appris à le faire à la Légion. Et, avec l'habitude, prendre la vie gens c'était devenu de plus en plus facile et d'une seconde nature pour moi... Mais comme j'avais juré à Ariane que je mettrais cette vie-là de côté pour toujours, je lui avait fait cette promesse juste avant de me marier, le contrat sur la tête du président allait peut-être me donner les moyens financiers de me refaire une vie normale au Québec... Enfin, je l'espérais!

Le lendemain du *Big Event*, Sarti et le Beau Serge voulaient encore une fois aller fêter avec les filles du Carrousel Club, mais, à cause de l'assassinat du Président Kennedy, la plupart des débits de boisson et des tripots de Dallas étaient fermés. Et quand Jack Ruby est passé pour nous voir à l'heure du déjeûner, on était tous sous l'influence de l'alcool, il a répété à Sarti et au Beau Serge que c'était non...

Absolument pas de Carrousel Club pour les Corses!

- *No! No fuckin' way... You guys are not leaving this place until things quiet down a bit. It's a fuckin' free for all in Dallas at the moment! You guys are going nowhere...*

- *... My friends wanted to play with your babes. They wanted some dope. You know these guys... What the hell do I tell them, Mister Ruby?*

- *Tell them what you want, Jo, but they've got to keep a low profile and behave! There will be no girls, no drugs, no nothing! You tell them. I have enough problems as it is, I don't need two more!*

- What kind of problems are you talking about, Mister Ruby? I thought the job was done... Can I do something to help?

- Yeah! Sure you can, Jo... Make sure these two bozos don't make any fuckin' waves!

Pendant qu'il me parlait, il a fait un geste et pointé en direction des Corses... Les deux autres!

- Um! I saw him on TV... They caught your buddy, Lee. Do you know what will happen to him?

- He's fucked! From day one, he was fucked. All the way fucked! And now... I'm fucked too! It's a fuckin' nightmare!

- Huh! How do you figure that, Mister Ruby? I don't understand what you're trying to say to me?

- The guys upstairs were not pleased with the job... The Dallas police was not supposed to capture Lee alive... 'Cause Lee may talk! And they're afraid he will... By the way, thanks for the help regarding Tippit. I heard that you...

- ... I did'nt do much... The cocksucker was already dead when Frank ordered me to kill him for the second time.

- Yeah! But thanks anyway...

- Do you know why Tippit had to be wacked like this?

- That's all on Frank... Frank's improvisation! That's his kind of bullshit. He's the worst fuckin' cold-blooded killer if I've ever seen one. Beware, Jo! He's Secret Service scum... Thru and thru! A very dangerous man! He could kill his own mother without a blink and then go to church and pray for her eternal soul!

- Don't worry, Mister Ruby, I don't have an eternal soul and I sure don't trust anyone. I believe that everyone is out to get me... Even my Frenchy friends! So, I'm always looking behing my shoulder, ready to defend myself at the first sign of trouble... And I'll pop the first motherfucker who tries anything on me!

- That's good, Jo. Don't you trust any of these guys...

- ... And I don't trust you either, if you want to know the truth.

- That's fine too, Jo... And you shouldn't!

- And you, Mister Ruby... Do you trust any of them?

- If I trust them? Fuck you very much, Jo! That's how much I trust them!... But do I have any fuckin' choice, now?

- So... What will you do about Lee?

- I'll have to do him myself... Do Lee before he testifies in court... Before he goes on record in front of a juge. It's that simple. Otherwise, I'm a dead man too!

- I don't understand? How can it be your problem?

- Lee was my responsibility. And since Tippit didn't do his fuckin' job... And the idiots at the theatre arrested him instead of killing him when he went to meet with his CIA controller... You know, Lee was supposed to escape by the back door of the theatre! They gave him all the time in the world to get the fuck outta Dodge. Instead, he chose to let them arrest him and see where it goes... And now, because of some fuckin' police hero who wanted his photo on the front page of the Dallas Morning News, I'll have no choice but to do him myself.

- Just like that? You're gonna do Lee?

- Yeah! Just like that. I got a call from Chicago... They said that I had to drive to the police station and take care of business, personnally! Otherwise... They told me what would happen if I didn't make the problem disappear: kill everyone I love and break my legs in seventy places! And then the cocksuker laugh at me over the phone and said: « will it be behind the wheel or in a wheelchair, Jack? »

- Man! What a shitty deal that is if there was ever one! So, what are you gonna do, Mister Ruby?

- I donno, Jo... I donno... Go North to Oklahoma City and then head West on the 40 until I run out of road...

- ... Or gaz! That looks like a plan... But seriously... How do you plan to kill a guy in the custody of the police? In jail!

- I don't know, Jo... I don't know! You let me worry about that one. I'll find a way; there's always a way. That's not your problem... You did your part of the contract and I'll do what I have to do, and that's that. You can't unfuck what's been fucked!

- Man! I wouldn't wanna be in your shoes.

Ruby a regardé sa montre, puis il a rajouté:

- Change of subject... So, you guys are leaving tomorrow, I hear... I may not see you before your departure, since I got to take care of the problem you know of... And I just wanted to say: thank you for a job well done, Jo... Thanks a million!

- It was a pleasure working with you, Mister Ruby.

Et sur ce, il m'a donné la main, une poigne chaleureuse, puis il a rajouté:

- From what I've seen, you're a good guy, Jo... A very good guy! Way too fuckin' good for this kind of life. A little piece of advice from an old fella, if I may... Jo, you're young and you have your whole life ahead of you. It's not too late to think of a career change. Next time they ask you to do something stupid, like the killing a President, you do what I should have done from day one... You just say no and then you run! You run your ass off! You run like a bat strait out of hell! And you leave it all behind and you and you never go back! Otherwise, you'll work all your life for them and then one day you'll wake up in bed and realize that you just were Satan's little helper!... Do you understand what I am trying to say to you, Jo?

- Yes! Thanks for the advice... It was a pleasure knowing you, Mister Ruby. I hope everything turns out OK for you...

Jack a salué les Corses, rapidement, puis il est parti: c'était la dernière fois que je voyais Jack Ruby de ma vie...

Le lendemain matin, à trois heures du mat, c'cst Frank Fiorini qui est venu nous chercher pour nous conduire à Red Bird Airport. On a fait le trajet en silence, Sarti et le Beau Serge ont somnolé pendant tout le trajet. Une fois arrivés sur le tarmac, Fiorini les a réveillés, brusquement. Il avait l'air soucieux:

« *Wake up, guys. We're here. Come on... Let's go!* »

Frank nous a aidés à sortir les valises, puis on s'est donnés une bonne accolade. Mais Fiorini avait l'air d'un gars pressé de partir et il ne s'est pas éternisé outre mesure dans une démonstration d'affection. Il avait dit avoir d'autres chats à fouetter. J'ai pensé qu'il devait travailler sur le cas de Lee Oswald, lui aussi...

- It was a pleasure working with you, Jo. You take care and say hello to Don Marcello for me... Have a safe trip!

David Ferrie nous a accueilli dans l'avion: il nous avait attendu toute la nuit en buvant du café.

- Nice fuckin' shooting, you guys... Unbelievable!

- Thanks, Mister Ferrie... We did what we had to do to complete our mission... No more.

Je n'ai pas voulu en dire plus, parce que je n'avais pas de mérite à l'avoir fait, car un tir à la lunette d'une distance de 90 mètres... N'importe qui aurait pu le faire à ma place.

- Jo? Got some fresh news about Lee? I overheard that...

- Yeah! Got some news... Bad news! I heard he's fucked... All the way fucked! And so is your friend Jack Ruby. Apparently, they both got a shitty deal with this crazy contract...

- What do you mean?

- Ruby was orerdered by his Chicago pals to take care of Lee in the police station, or else... Jack got's to go in there to shut him up... Permanently!

- Jack is gonna do Lee... in jail?

- Yeah! So, you better forget about them both, because Lee is a dead man walking and Ruby is on a suicide mission to shut him up for good.

- Is there anything that can be done for Lee?

- Yeah! You can burn a candle for the poor bastard in New Orleans. Now... Let's go! Let's get the fuck out of this miserable city. I hate the Dallas Cowboys!

David Ferrie avait la larme à l'oeil quand il s'est mis aux commandes de l'avion, et, dès qu'on fut installés sur nos sièges, il a mis plein gaz.

Et c'est ainsi que nous nous sommes envolés du petit aéroport de Dallas avant que le soleil ne se lève. Ferrie m'avait avoué qu'il n'avait même pas enregistré de plan de vol... On allait voler à moins de 1,500 pieds d'altitude et passer sous le radar des tours de contrôle du Texas et de la Louisiane!

On est arrivés à la Nouvelle Orléans dans l'avant-midi. Puis, la voiture de Don Marcello nous a reconduits au Town and

Country Motel: mes deux amis corses n'étaient pas très heureux d'y retourner! Et le lendemain, à la télé, on a vu Jack Ruby qui descendait son ami Lee Oswald dans le garage d'une station de police de Dallas... *Live on T.V. You can watch them die!*

Des images qui m'avaient quelque peu bouleversé... Voir ça à la télé m'avait secoué, car j'avais connu les acteurs.

« Bah! C'est juste un pédé qui descend un autre pédé! » Avait clamé Sarti, en riant. Il avait peut-être raison...

Mais moi je n'ai jamais compris pourquoi Ruby s'y était pris de cette manière... Suicidaire! On lui avait peut-être promis qu'on allait le faire libérer rapidement après son *hit* sur Oswald, alléguant quelque chose dans le genre de *l'aliénation mentale passagère* ou toute autre défense dans la même veine, car LBJ avait le bras long, au Texas, et avait déjà fait acquitter son ami Mac Wallace d'une accusation de meurtre au premier degré. Alors... Rien n'était impossible au pays des cowboys!

Mais les choses n'allaient pas aussi bien tourner pour Ruby...

Le pauvre Oswald, qui lui était d'ailleurs un chic type et un patriote, allait passer à l'histoire comme étant le célèbre « *lone gunman* (le tireur unique) » de la *fameuse* Commission Warren. Il serait dépeint dans les livres d'histoire comme étant l'assassin du Président Kennedy, même s'il ne savait pas vraiment tirer et qu'aucun tireur d'élite n'aurait pu, avec une Mannlicher-Carcano à verrou qu'on appelait aussi « *the humanitary gun* (la carabine humanitaire) » parce qu'elle était tellement peu précise qu'on ne touchait que très rarement sa cible, être en mesure de faire les tirs qu'on lui reprochait avoir faits du Texas School Book Depository: trois tirs en moins de sept secondes, dont deux ayant atteint la cible. Et en plus de tout ça, la Commission Warren allait conclure que le premier tir, le plus facile des trois, avait raté la cible! Ça ne tenait pas debout, leur histoire...

Lee Harvey Oswald, comme les journaux du monde entier allaient l'appeler, même s'il n'utilisait que *Lee Oswald* dans la vie de tous les jours, allait passer à l'histoire... Mais quelle histoire! Car de J Edgar Hoover à Robert Kennedy, des dirigeants de la CIA aux grands financiers texans, des fabricants d'armes en passant par la mafia, tous savaient que ça n'était pas Oswald qui avait tué le Président des États-Unis d'Amérique.

Le pauvre Lee n'avait d'ailleurs jamais tiré un seul coup de feu du TSBD... Les tests à la paraffine pour détecter des traces de nitrate sur le visage de Lee s'étant avérés non concluants!

***

On a passé une longue semaine cloîtrés dans le Town and Country Motel, mais jamais Don Marcello n'est venu nous voir, ne serait-ce qu'une seule fois, question de degré de séparation, avais-je compris, et un matin Roselli est venu nous annoncer la bonne nouvelle... On s'allait par avion à Albany, New York, puis à Montréal en automobile en passant par la I-89. Ensuite, on allait traverser la frontière durant la nuit à Frelighsburg... Le poste frontière n'étant ouvert que pendant la journée!

Et c'est ainsi qu'oncle Vito nous a cueillis à Albany, dans l'État de New York. On a roulé vers Montréal pendant la nuit, et, au petit matin, mon parrain a déposé les deux Corses à l'aéroport international de Dorval.

« Ça serait mieux pour tout le monde si on ne se revoyait plus jamais, mon petit Jo! » Avait suggéré Sarti, en rigolant.

- T'inquiète, Lucien... Si on se revoit encore une fois, j'te fous mon gros pétard dans l'cul... Et je décharge le tout prématurément... Comme toi et le Beau Serge le faites, habituellement!

Et en disant cela, je m'étais vivement empoigné la fourche.

Sarti et le Beau Serge ont esquissé un sourire fatigué.

- Jo, mon petit Jo!... Tu me dois toujours une bouteille de cognac pour le concours de tir! M'a fait remarquer Sarti.

- Non!... C'est plutôt toi qui m'en dois une... Et une bonne!

- Bon! Bon! OK, les enfants! C'est moi qui régalerai la prochaine fois!... Au plaisir, Jo! Avait lancé le Beau Serge.

Et on s'est tous donnés une longue accolade... Puis, les deux Corses sont partis en direction du comptoir d'Air France pour aller récupérer leur billet: un aller simple pour Marseille.

Après les avoir vu disparaître derrière la guérite, Don Vito m'a vite reconduit à la maison, car j'avais décliné son offre d'aller casser la croute au Moishe Steakhouse, même si l'idée de manger un bon T-bone avec des oeufs au plat pour le petit déjeûner ne m'aurait pas trop déplu. Mais je n'avais nullement l'intension de retrouver à nouveau monsieur Cotroni... Ou de me faire recruter par son organisation.

Arrivé sur la rue Barclay, mon *padrino* s'est garé en retrait de mon bloc et il m'a remis les dix milles dollars qu'il me devait; la deuxième tranche du paiement pour le contrat.

Je l'ai remercié, sincèrement; on s'est longuement embrassés; puis je lui ai dit, juste avant de le quitter: « Jamais plus!... *Si capisce, Don Vito?* (Tu as compris, Don Vito?) »

- *Sì! Capisco, Jo... Io non ti chiederò mai di uccidere per mi. Hai la mia parola d'onore... Se mento sto andando all'inferno!* (Oui! J'ai compris, Jo... Plus jamais je ne te demanderai de tuer quiconque pour moi. Tu as ma parole d'honneur... Si je mens je vais en enfer!)

Ouais! L'enfer. J'y courrais tout droit, moi aussi. Mais seulement s'il y en avait un...

Et je suis allé retrouver ma petite famille d'un bon pas... J'avais surtout hâte de revoir ma fille, que je n'avais tenu dans mes bras que pendant quelques heures, à peine! Quand je l'ai serrée tout contre moi et que je lui ai fait un gros câlin, elle a semblé tout de suite me reconnaître... Et elle m'a fait un grand sourire. Elle semblait heureuse de revoir son petit papa adoré. C'était comme si elle m'avait dit:

« Bienvenue au Québec, Jo! »

Épilogue

Même si on le lui a offert plusieurs fois par la suite, Jo n'a jamais plus travaillé comme tireur d'élite pour quiconque, et il a mené une vie familiale et professionnelle des plus tranquille pour le restant de sa vie. Son parrain, Don Vito, est venu le visiter à plusieurs occasions pour tâter le terrain, mais Jo a toujours refusé d'abattre du travail pour *la familia*.

Comme son *tio* était le seul qui connaissait sa véritable identité et qu'il avait amené son secret avec lui dans la tombe vers la fin des années quatre-vingts, personne n'a jamais su qui était cet habile tireur de la Légion Étrangère dont le prénom était simplement: Jo.

J'ai grandement apprécié la compagnie de ce Jo et je l'ai toujours connu comme étant un homme de parole, un bon père de famille, un type franc, loyal et droit. Lorsqu'il m'a confié son histoire, et par la suite sa participation au complot Kennedy, six mois avant son décès, j'ai été absolument sidéré d'entendre sa confession. Et je dois vous avouer que... je n'y ai pas vraiment cru! Mais Jo n'était pas un type qui parlait pour ne rien dire...

Tout ce que je peux certifier c'est qu'il n'y avait aucun remord ou ni même de fierté dans sa voix, lorsqu'il m'a raconté sa participation à l'attentat du Président Kennedy dans Dealey Plaza, à Dallas... Il disait l'avoir fait pour la survie de sa famille, un point c'est tout! Je faisais alors des recherches sur la vie d'anciens paras qui avaient fait la guerre d'Algérie dans le but d'écrire un roman, une oeuvre de fiction, de fiction!, quand après m'avoir raconté l'histoire tumultueuse de sa vie en Afrique du Nord, il m'a sorti tout ça.

Après m'avoir raconté sa version assez incroyable d'un fait historique qui avait marqué l'humanité entière, Jo avait exigé, expressément, que je ne dévoile pas sa véritable identité aux yeux du monde... *Nel caso in cui?* (Au cas où?) Car pendant toute sa vie, il avait craint pour la sécurité de sa famille.

Jo a toujours été un homme méfiant, essayant de ne pas trop attirer l'attention sur lui, et je dois avouer que, même aujourd'hui, j'ai beaucoup de difficulté à réconcilier son histoire et celle de l'homme que j'ai connu pendant plus de trente-cinq années... Un homme qui aurait distribué amour et mort avec autant de passion!

Plus tard, en revenant sur la vie mémorable de Jo, j'ai conclu que l'être humain était une bête complexe; qu'un homme, en apparence si bon, était capable du meilleur comme du pire, d'être créateur et tueur... et souvent les deux à la fois!

Ne cherchez donc pas de morale à l'histoire rocambolesque de Jo, car il n'y en a pas... C'était un homme des plus ordinaire qui avait dû faire des choses extraordinaires.

A B

Notes historiques

1963 - 22 novembre: **John Fitzgerald Kennedy,** 35ème Président des États-Unis, est assassiné à Dallas, au Texas.

1963 - 22 novembre: l'officier de police **J D Tippit** est abattu dans le quartier de Oak Cliff à Dallas, au Texas... On accusera Lee Oswald de l'avoir tué, mais on n'a jamais été en mesure de le prouver... Ou de trouver les véritables coupables.

1963 - 24 novembre: Jack Ruby exécute **Lee Oswald** lors de son transfert au County Jail, dans le garage d'un poste de police de Dallas, au Texas. Dans le corridor, alors qu'il se rendait au sous-sol, Lee Oswald clame son innocence aux journalistes présents: « *I'm a patsy!* » Il ne s'en sortira pas vivant... L'année suivante, la Commission Warren le trouvera coupable du meurtre prémédité du Président des États-Unis.

1964 - 27 septembre: la **Commission Warren** remet ses conclusions. Elle conclut aux gestes isolés et solitaires de Lee Harvey Oswald, dans l'assassinat du président Kennedy, et de Jack Ruby dans l'assassinat de Lee H Oswald. Le rapport de la Commission, un volumineux compte rendu de 888 pages, conclura que c'était Lee Harvey Oswald l'unique tireur embusqué au 6ème étage du Texas School Book Depository: l'assassin de JFK.

C'était la *célèbre* théorie du *« lone gunman »* (tireur unique) et de la plus tard légendaire thèse de la « balle magique », *Magic bullet;* un missile qui aurait, premièrement, traversé le corps de JFK et obliqué par la suite pour atteindre John Connally (dos, poitrine, poignet et cuisse!), le vaillant Gouverneur du Texas qui, lui, était assis tout juste à l'avant John F Kennedy.

« *My God **they** are going to kill us all!* » Aurait crié le Gouverneur Connally après avoir été atteint dans la limousine présidentielle.

Il y aurait eu plus de 400 témoins présents dans Dealy Plaza le jour de l'assassinat de John F Kennedy: 216 seront interrogés par le FBI sur l'origine des tirs; 52 diront avoir entendu un ou plusieurs coups de feux provenant du Grassy Knoll; 48 diront avoir entendu un ou plusieurs coups de feux venant du Texas School Book Depository; 5 diront avoir entendu un ou plusieurs coups de feux provenant et du Texas School Book Depository et du Grassy Knoll; 4 diront que les coups de feu semblaient venir d'ailleurs; 37 seront incapable de se prononcer; et les 70 restants... On ne leur posera jamais la question! La commission Warren rejettera 40 témoignages pour cause de soi-disant « souvenirs erronés ». Comme par hasard c'était 40 témoins qui disaient avoir entendu des tirs provenant du Grassy Knoll, des déclarations qui contredisaient la théorie de l'assassin solitaire.

1965 - **Jack Ruby** (Jacob Leon Rubenstein) meurt d'un cancer en prison avant d'avoir pu témoigner devant le Congrès et déballer tout ce qu'il savait du complot en échange d'une réduction de peine... Sur son lit de mort, il aurait prétendu qu'on lui avait *inoculé* le cancer pour le faire disparaître.

1967 - 22 février: **David Ferrie** est retrouvé mort dans son appartement de « mort accidentelle! » (un coup à la nuque qu'il se serait infligé en tombant jugé accidentel par la police) juste avant son témoignage en cour de la Louisiane devant le procureur Jim Garrisson, qui le soupçonnait d'avoir été impliqué dans un complot visant à faire assassiner John F Kennedy.

David Ferrie aurait aussi travaillé clandestinement sur un virus avec le docteur Mary Sherman, Lee Oswald aurait été impliqué, virus qui, une fois injecté à la victime, lui aurait transmis le cancer! Il aurait tenté de développer cette arme pour la CIA dans le but d'éliminer Fidel Castro.

1967 - 23 juin: **Antoine Guérini** va faire le plein de sa Mercedes et est exécuté dans le quartier Saint-Julien, à Marseille. Il était le parrain de *la French Connection*.

1968 - 5 juin: **Robert F. Kennedy** est abattu à l'issue d'une réception organisée pour célébrer la fin de la campagne pour les primaires démocrates à la Présidence des États-Unis. Il était le favori dans les sondages et aurait dû être élu Président des États-Unis d'Amérique... À la place de Richard Nixon.

1971 - 7 janvier: **Malcolm Wallace** est retrouvé mort dans sa voiture alors qu'il aurait *perdu* le contrôle de son bolide sur la route 271, au Texas. Il aurait été l'assassin « personnel » de LBJ.

1972 - 27 avril: **Lucien Sarti,** bandit Corse et trafiquant de drogue notoire, se fait tuer à Mexico: il aurait eu plusieurs *cartons* à son actif au cours de sa très fructueuse carrière de tueur à gages pour le compte de la mafia... et de la CIA.

1972 - 2 mai: **J Edgar Hoover,** premier directeur du FBI, meurt d'une crise cardiaque. Il sera plus tard soupçonné d'abus de confiance, chantage politique, d'abus de pouvoir, d'avoir été corrompu par la mafia... Et d'avoir été un homosexuel! Plusieurs spécialistes de l'attentat Kennedy croient qu'il fut impliqué dans le complot et que son rôle fut de s'assurer que la version officielle du tireur unique soit la seule version retenue par la Commission Warren.

1973 - 22 janvier: **Lyndon Baines Johnson** meurt d'une crise cardiaque dans son ranch du Texas. Quand des journalistes ont demandé à Jack Ruby, alors qu'il retournait en prison après avoir témoigné à la Commission Warren, « Mais qui donc a tué le Président? » Jack Ruby leur avait répondu: « Regardez du côté de ceux qui ont le plus profité de sa mort! »

1976 - 9 août: **John Roselli,** surnommé dans le milieu mafieux « Handsome Johnny », est retrouvé dans un bidon de métal flottant dans la baie de Dumfounding près de Miami, en Floride. Roselli avait été étranglé et ses jambes avaient été sectionnées (pour le faire rentrer dans le bidon).

1982 - 1er mars: **Mémé (Barthélemy) Guérini,** après avoir passé 10 ans en prison, meurt d'un cancer dans une clinique privée de Montpellier. Il était avec son frère l'une des têtes dirigeantes de la fameuse *French Connection.*

1988 - mois d'août: **Don Vito,** pris du cancer du poumon, s'éteint paisiblement à l'âge de 63 ans dans sa résidence secondaire de Miami, en Floride.

1993 - 3 mars: **Don Carlos Marcello,** le patron de la Mafia du Sud des États-Unis, meurt dans l'une de ses propriétés, en Louisiane, après un séjour en prison.

1993 - 5 décembre: **Frank Fiorini,** alias Frank Sturgis, meurt d'un cancer à l'hôpital des Vétérans de Miami, en Floride. Impliqué dans l'affaire du Watergate avec E. Howard Hunt, il était un espion et un mercenaire sous contrat avec la CIA et la mafia. Il aurait participé à plusieurs *missions spéciales* partout dans le monde, tant pour la CIA que pour le crime organisé.

2002 - 22 juin: **Madeleine Duncan Brown,** la maîtresse de LBJ, a déclaré que Johnson était derrière le meurtre de Kennedy et de plusieurs autres hommes. Dans ses mémoires, *Texas In The Morning (1997),* elle a écrit sur un *événement social* en l'honneur de J Edgar Hoover à la maison du millionnaire pétrolier du Texas, Clint Murchison, soutien de longue date de LBJ, petite fête qui se serait tenu le 21 novembre 1963... La veille de l'assassinat de JFK! Peu de temps après la réunion à huis clos, Lyndon B Johnson, anxieux et rougissant, réapparut, et lui glissa à l'oreille: « *After tomorrow, those goddamn Kennedys will never embarrass me again - that's NOT a threat - that's a promise.* (Après-demain ces putains de Kennedys ne m'embarrasseront plus jamais - ce n'est pas une menace - c'est une promesse!) »

2007 - 23 janvier: **Edouardo,** Alias E. Howard Hunt, meurt d'une pneumonie à Miami, en Floride. Officier de la CIA pendant plus de 20 ans et « plombier » de Nixon dans l'affaire du Watergate, Hunt confesse sur son lit de mort avoir participé à l'assassinat de John F Kennedy et implique plusieurs autres personnes ayant pris part au complot, notamment Lyndon Baines Johnson (Vice-Président), Cord Meyer (CIA), David Atlee Philips (CIA), Frank Sturgis (Opérateurs pour la CIA et mercenaire de la Mafia), David Morales (Tueurs à gages pour la CIA), Antonio Veciana (Exilé cubain fondateur de Alpha-66 [financé par la CIA]), William Harvey (CIA), et un tueur corse du nom de Lucien Sarti (*French Connection*). Ce n'était pas la confession d'un homme qui voulait se repentir, mais plutôt celle d'un homme fier de ce qu'il avait accompli pour la Nation!

Hunt continuait-il à mentir sur son lit de mort? A-t-il caché l'implication de gens à qui il était resté fidèle, y compris des personnes encore en vie? Certainement. Mais tout ce qui provient d'un agent de la CIA ne peut être accepté qu'avec scepticisme. Pourtant, la confession de Hunt paraît des plus crédible.

2013 - novembre: **Jo** décède d'une embolie pulmonaire à l'âge de 73 ans dans un hôpital de Montréal. Il laisse sa femme, ses deux filles et trois petits-enfants dans le deuil.

À ce jour - **Le Beau Serge,** de son vrai nom Christian David, un bandit notoire lié à la *French Connection,* est toujours incarcéré en prison pour le meurtre d'un policier. Il jure qu'il a toujours refusé de participer à l'assassinat de JFK...

FIN